CHRONIQUES
DE LA HAINE
ORDINAIRE II

Pierre Desproges

CHRONIQUES DE LA HAINE ORDINAIRE II

Éditions du Seuil

TEXTE INTÉGRAL

ISBN 978-2-7578-0364-6
(ISBN 2-02-068905-7, 1re publication)

La rumeur

10 février 1986

Elle est sale, elle est glauque et grise, insidieuse et sournoise, d'autant plus meurtrière qu'elle est impalpable. On ne peut pas l'étrangler. Elle glisse entre les doigts comme la muqueuse immonde autour de l'anguille morte. Elle sent. Elle pue. Elle souille. C'est la rumeur. Répondez-moi franchement : Est-ce que, oui ou non, j'ai l'air contagieux ?

Je vous pose la question parce que le bruit court que j'ai le sida… Ça m'est revenu de la bouche d'un pédé – le bruit, pas le sida – qui le tenait d'un autre pédé – le sida, pas le bruit. Ce garçon – le pédé de la bouche duquel m'est revenu le bruit – m'a dit que l'autre garçon – le pédé qui avait refilé le sida au pédé par lequel m'est revenu le bruit – lui avait dit que Rika Zaraï – qui est actuellement avec Le Pen – ne le répétez pas – racontait partout que j'avais le sida. C'est dégueulasse, Dieu m'embrasse si possible pas sur la bouche – on ne sait jamais.

C'est ça la rumeur.

La rumeur, c'est le glaive merdeux souillé de germes épidermiques que brandissent dans l'ombre les impuissants honteux. Elle se profile à peine au sortir des égouts pour vomir ses miasmes poisseux aux brouillards crépusculaires des hivers bronchiteux. Elle nous dit, rappelez-vous, que les Pompidou sont d'inquiétants paillards. Que la chanteuse Sheila n'est pas une femme. Que Simone Signoret n'est pas capable d'écrire ses livres toute seule. Plus menteuse que la rumeur, tu meurs. Elle s'en fout, elle a éjaculé son venin répugnant jusque dans Orléans, où des hyènes anonymes susurraient naguère sans frémir que les femmes qui entraient dans certains magasins tenus par les juifs de la ville disparaissaient à tout jamais vers d'introuvables bordels orientaux. Et puis, comme le monstre du Loch Ness, la rumeur fait son rot et retourne à sa vase… Hier matin, j'ai bien cru la voir relever le groin.

J'ai entendu un amuseur dominical notoire, à qui, par parenthèse, je dois beaucoup, j'ai entendu cet homme suggérer en public que Guy Bedos était très méchant, qu'il n'avait aucun talent et – tenez-vous bien – qu'il perdait ses cheveux ! Je ne fais pas de la radio pour défendre les gens que j'aime contre les piqûres de moustique. Ils savent très bien où est le DDT. Mais qu'on me permette ici de m'étonner qu'on touche à mon pote avec une telle désinvolture. Car enfin, ce n'est un secret pour personne que Guy Bedos, qui est mon copain, fait rire et réfléchir la France à guichets fermés depuis vingt ans. S'il n'avait aucun talent, ça se saurait à Barbizon.

S'il perd ses cheveux, je puis témoigner sous serment que ce n'est jamais dans ma soupe. Et s'il est très méchant, si Guy Bedos est très méchant, je vous jure que ce n'est pas dans ses yeux, mes enfants qui sont petits vous le diront…

Mais vous savez, moi aussi, si je veux, je peux ébranler des certitudes et susciter des suspicions. Figurez-vous qu'à ce qu'on raconte – j'ose à peine le répéter tellement c'est incongru, tellement c'est bas – il paraît que Jacques Martin est un brave homme.

Quant au mois de mars, je le dis sans aucune arrière-pensée politique, ça m'étonnerait qu'il passe l'hiver.

Monégascons

11 février 1986

Le plus sourd d'entre vous aura entendu parler des demoiselles Monaco.

À moins que vous ne lisiez que des journaux intelligents, vous n'avez pas pu échapper à leurs effigies de laitières potelées qui s'étalent périodiquement à la une des organes populaciers, « le poids des veaux, le choc des lolos », vous voyez ce que je veux dire.

Rien ne m'autorise à porter le moindre jugement esthétique ou moral sur le bien-fondé des exhibitions répétitives de ces cocottes d'Azur dont les images rassurantes viennent fort à propos nous faire oublier les femmes-squelettes aux seins vides accroupies sur les plages de sable infini de nos lointains Sahels.

Je ne me permettrais pas davantage de ricaner prétentieusement d'un lapsus naguère échappé des lèvres aubergine de la cadette. C'était au cours de l'émission « Scoop à la une » produite par Catherine

Barma, le 27 octobre dernier sur TF1. Il était 16 h42. (Je donne d'entrée de jeu ces fastidieuses précisions bureaucratiques à l'intention de l'avocat des Grimaldi spécialisé dans les procédures diffamatoires afin de lui épargner une action en justice perdue d'avance.)

On débattait sur le plateau des avantages et des inconvénients de la tauromachie, lorsque mademoiselle Monaco Stéphanie eut cette saillie (si j'ose dire, s'agissant de ces fiers bestiaux dont la haute tenue copulatoire n'est plus à vanter chez les bovines en rut). Deux-points, ouvrons les guillemets avec révérence, c'est la princesse qui cause : « Je suis contre la tauromachie. Après tout, les taureaux ne sont-ils pas des êtres humains comme les autres ? »

Je le répète : il ne peut s'agir en l'occurrence que d'un lapsus bien pardonnable, et non pas de l'expression involontaire d'une tendance à la zoophilie. Nous ne devons pas perdre de vue, avant de nous lancer dans de malveillantes insinuations totalement injustifiées, que les produits destinés à faire vendre du papier, comme Lotus ou les princesses monégasques, sont soumis à toutes sortes de pressions avant d'être livrés au public. D'où une certaine fatigue bien excusable. Après tout, les roitelets d'opérette ne sont-ils pas des êtres humains comme les autres ?

Mais alors, direz-vous, et vous n'auriez pas tort, pourquoi cet imbécile nous boursoufle-t-il le cortex avec ses ragots méridionaux ?

Simplement parce que j'ai été profondément heurté dans ma fierté républicaine d'entendre et de voir l'autre jour un animateur de jeux français, dont je tairai le nom pour ne pas faire de la publicité à Patrice Laffont, se plier jusqu'à se lécher les genoux devant la donzelle susnommée et lui dire – je cite : « C'est un grand honneur pour nous de vous avoir parmi nous ce soir, Votre Altesse sérénissime. »

Alors là, je dis non. Était-ce vraiment la peine de guillotiner le gros Capet, se battre pour les congés payés, donner le droit de vote aux épicières, supporter la tronche à Krasucki, tout ça pour en arriver là ? Patrice, mon pote, secoue-toi ! On n'a quand même pas pris la Bastille que pour en faire un Opéra !

Primo : ce n'est pas un grand honneur pour toi, Patrice, que de recevoir Stéphanie de Monaco à la finale des « Chiffres et des lettres ». C'est un grand honneur pour elle que d'avoir le droit de s'exhiber multimédia, alors qu'elle n'a rien d'autre à y faire que de montrer son blase et son blason à tous les passants.

Deuxio : on n'appelle pas n'importe qui « Altesse sérénissime ». De la hauteur et de la sérénité, il y en a chez l'abbé Pierre, chez les basanés qui marchent contre les cons grand teint, chez Joëlle Kaufmann qui n'a pas le temps de pleurer, chez les toubibs aux quatre vents des tortures et des morts. De la hauteur et de la sérénité, il y en a chez Mère Teresa, et même chez le militant transi qui croit en l'humanité le dimanche…

L'altesse et la sérénité, la majesté, en un mot ça n'est pas héréditaire, mon camarade, ça ne s'attrape pas au lit comme la vérole ou le droit d'aînesse. Ça vient du cœur des gens. C'est une élégance qu'on n'achète pas chez Pierre Cardin.

Quant au mois de mars, je vous le dis sans arrière-pensée politique, ça m'étonnerait qu'il passe l'hiver.

Pub

17 février 1986

Cette affaire Chtcharanski, qui a fait pleurer dans les chaumières et sangloter dans les kibboutz, est bien émouvante. Et puis, n'avons-nous pas lieu d'être fiers, nous autres Français, de vivre en ce pays ? La France, terre d'asile sans goulag où les juifs courent toujours.

Un ami publicitaire, chez qui je prenais un pot ça va, trois pots bonjour les dégâts, s'étonnait que les Soviétiques eussent si facilement laisser filer ce martyr vivant de l'hydre totalitaire, contre une poignée de sous-espions en réalité plus grillés que le feu rouge de la place Saint-Michel les samedis soir de cuite. « À la place de Gorbatchev, me disait mon ami, je n'aurais pas échangé Chtcharanski contre deux barils d'une lessive ordinaire. »

On voit par là combien les gens de la publicité ont moralement et intellectuellement évolué depuis l'ère obscurantiste des bas Dimanche, de la brillantine

Cadoricin et de la Dauphine Renault dont d'intrépides pionniers de la réclame sonore chantaient ainsi les louanges sur Radio-Abidjan au milieu des années 50. (Attention, je vais chanter. Mais restez à l'écoute. Ce n'est qu'un mauvais moment à passer.)

Pouf, pouf. (Je vous épargne l'accent ivoirien : quand il chantait *La Marseillaise*, Rouget ne prenait pas l'accent de Lille…) :

Pour promener Yao, Koffi et puis Konadio
J'ai ach'té une drôle de petite auto
Pour promener Yao, Koffi et puis Konadio
J'ai ach'té une auto, c'est une Renault.

À vrai dire, la plus grande victoire de la publicité contemporaine sur elle-même, et sur l'image ringardo-mercantile qui lui collait au spot ou au placard (selon le support), sa plus géniale et sa plus subtile idée, c'est d'avoir réussi en quelques années à se hisser dans l'opinion au rang d'un art nouveau, le 8e ou le 9e, suivant que vous mettiez ou non le cul dans le tas. Désormais on débat, dans les salons, du dernier clip Panzanouille, les journaux bon chic-bonne gauche analysent minutieusement à longueur de colonnes les allégories paraphréniques sous-jacentes dans le message Canigou, on s'entre-décerne des trophées comme à Cannes, et on ne dit plus qu'on fait de la pub : on fait de la communication (d'ailleurs, si jamais vous voyez le mot « publicité » dans le nom d'une agence de publicité, je vous échange Sakharov contre deux mistrals gagnants).

Naguère méprisée par l'élite, la publicité, à force

de s'auto-convaincre qu'elle avait du génie, a fini par en persuader les autres, y compris mon beau-frère Christian, naguère encore publiphobe au point qu'il allait en lambeaux à force d'avoir tenté en vain de découdre les crocodiles sur ses polos pour ne pas avoir à participer au renom de monsieur Lacoste sur les courts de tennis où, d'ailleurs, son maintien crêpier de la raquette servait plus les intérêts de monsieur Tefal que ceux de ce grand joueur de ping-pong sur gazon.

Pour être franc, il faut reconnaître que la pub ne les a pas volées, ses lettres de noblesse – si l'on veut bien excepter les crapuleries pré-paléolithiques de certains cuistres lessiviers, évidemment: oui, seule quelque trépanation bâclée à la tronçonneuse malpropre, ou l'intrusion inopinée d'un anthropopithèque et d'une truie gonflable dans leur arbre généalogique, peuvent expliquer les mystérieux mobiles qui poussent parfois des êtres humains extérieurement normaux à tenter de faire vendre des poudres à laver en montrant la femme comme une sœur inférieure de la guenon.

Ces mêmes handicapés moteur-ça tourne, sitôt fini de filmer plein pot des connes heureuses de frotter la merde, se regroupent en des tavernes huppées où, frétillant dans leur blouson Courrèges, le Chivas à la main et la banane dans l'oreille, ils distribuent sans rire des blâmes et des satisfecit au dernier film de Kubrick ou d'Ettore Scola.

Mais il y a aussi les Franchet, Goude, Chico Bialas, Chatiliez. Ou Beineix et Chabrol lassés d'un long métrage. Et plein d'autres encore (mais je connais mieux les crus du Médoc) qui nous font chavirer l'œil de folles images éclaboussantes qui sont vraiment la beauté pure de cette morne fin de siècle dont on ne voit jamais la fin parce que tout le monde se dégonfle d'appuyer sur le bouton pour déclencher la Troisième.

Je le répète, et je pèse mes mots : ce que font ces gens, ces publicitaires-là, c'est beau. Je vais vous faire une confidence. J'ai réussi à me procurer la cassette de la superbe publicité Citroën « Les Chevrons sauvages », de Richard Raynal. Quand je me sens déprimé, je me la projette sur le combiné télé-vidéo que j'ai fait installer dans ma voiture : une Ford, on ne fait pas plus confortable…

Quant au mois de mars, je le dis sans aucune arrière-pensée politique, ça m'étonnerait qu'il passe l'hiver.

Lady PLM

18 février 1986

C'est dur, mais c'est ainsi : j'ai beau vivre, travailler, faire l'amour, sortir, jouer avec et non pas sur des femmes, je continue de passer pour misogyne aux yeux d'une minorité d'anciennes combattantes au demeurant plus femelles que féministes, certes, mais quand même, ça fait de la peine. J'en connais une qui est fermée aux joies simples de l'hétérosexualité au point que, quand on lui dit *bande*, elle pense à Velpeau. Cette femme, d'autant plus déroutante qu'elle ressemble plus à Ornella Muti qu'à un chômeur haïtien, voulut en d'autres temps brûler Brassens à propos de son hommage à la Vénus callipyge, dont voici quelques vers exquis :

Madame, votre dos perd son nom avec si bonne grâce,
Qu'on ne peut s'empêcher de lui donner raison.
[...]

C'est le duc de Bordeaux qui s'en va, tête basse,
Car il ressemble au mien comme deux gouttes d'eau,
S'il ressemblait au vôtre on dirait, quand il passe :
« C'est un joli garçon que le duc de Bordeaux ! »

Sans m'appesantir sur une évidence qui veut que Brassens était aussi antiféministe que Zola était antisémite, et pour en venir à mon propos, imaginez-vous que la dame dont je brossais ci-dessus un portrait succinct certes, mais cependant malhonnête, m'a téléphoniquement engueulé pour me reprocher de n'être pas venu participer, le mois dernier, à un débat organisé par l'« Association des femmes journalistes » sur le thème rabâché mais toujours actuel de la cruelle défection féminine parmi les élus du peuple et dans les instances dirigeantes des partis.

Et c'est un fait que les partis sont le plus souvent entre les mains des hommes et que les femmes restent à la queue, et c'est dommage, parce que bon.

Eh bien ma chère Marielle – en réalité elle se prénomme Anne-Sophie mais je l'appelle Marielle pour faire moins gonzesse – en vérité, ma camarade, c'est par pure lâcheté que je n'ai pas honoré l'aimable invitation de Florence Montreynaud, la présidente de l'AFJ, à ce débat organisé au PLM Saint-Jacques à Paris où, par parenthèse, les lits sont si confortables qu'on peut y partouzer trois percheronnes d'un coup sans réveiller l'émir à pétrole en veilleuse à côté.

J'ai craint, mes sœurs, que vous ne me jugeassiez

importun plutôt qu'utile, et que vous ne me lynchassiez z-ou me secouillassiez partout sauf où ça c'est bon, tant la piètre théorie que je vous aurais soumise m'apparaissait susceptible d'exacerber votre courroux.

En effet, j'avais envie de vous suggérer une hypothèse, insoutenable à vous autres qui souhaitez bâtir un monde en jupon armé, selon laquelle l'une des causes de la faible participation des femmes sur la scène politique serait le simple mépris qu'elles en ont.

S'il y a peu de femmes boxeurs (boxeuses, pardon Huguette) ou colonelles d'infanterie, c'est peut-être parce que la plupart d'entre elles n'aiment pas prendre des coups de poing sur la gueule. Et s'il y a peu de femmes députées, c'est peut-être parce qu'elles ont mieux à faire, l'après-midi, que de participer aux désolantes empoignades entre la rose fanée et le fumier qui la fit éclore. Peut-être n'ont-elles qu'indifférence ou mépris pour tous ces empalés bourbons dont les hyposécrétions subalternes poussent parfois l'honnête homme et souvent l'honnête femme à se demander si l'on ne devrait pas élever l'absentéisme électoral au rang de vertu civique.

Et ne venez pas, poulettes, me gonfler les surrénales avec vos accusations de paternalisme. Je ne suis pas paternaliste. Je puis vous dire au moins trois femmes très bien de mes amies, avec de l'intelligence et des seins partout, qui sont patronnes de leurs affaires et de leur vie, et qui préféreraient renoncer au port du porte-jarretelles plutôt que d'entrer en politique.

Allez salut les quilles à la vanille. La prochaine fois, c'est juré, c'est moi qui vous invite au PLM pour un 5 à 7 non engagé. Je connais un jeu formidable. En plus, c'est facile, c'est pas cher, et… moi, ça me rapporte rien…

Quant au mois de mars, je le dis sans aucune arrière-pensée politique, ça m'étonnerait qu'il passe l'hiver.

Gros mots

26 février 1986

Monsieur Arthur Conte n'est pas un imbécile. Sinon, il n'aurait pas été président-directeur général d'une chaîne de télévision française.

Pourtant… (Ne surévaluons pas l'adverbe « pourtant ». Il indique l'opposition – pas la négation. Nuance. Si je dis : « Jean-Marie Le Pen n'est pas fasciste. Pourtant… », la seconde proposition ne contredit pas la première. Elle ne fait qu'en souligner la singularité en lui opposant une anormalité conjoncturelle subjective de base.

Je m'explique, parce que je vous sens décrocher. Si je dis : « L'émission "Porte-Bonheur" n'est pas un vomitif. Pourtant, je la regarde toujours avec une lessiveuse sur les genoux », je ne signifie pas tout à fait la même idée que si je dis : « L'émission "Porte-Bonheur" n'est pas un vomitif. »

Cela étant posé, comme disait la Pompadour en mettant son outil de travail sur la commode

Louis XV, revenons-en à monsieur Arthur Conte dont je prétendais plus haut – sans preuves, au demeurant – qu'il n'était pas un imbécile.)

Lors d'une récente interview sur cette chaîne de radiophonie qui diffuse désormais sur 1 852 mètres, soit 1 850 mètres de plus que le champion du monde de saut en hauteur, monsieur Arthur Conte a dit en substance que la seule censure qu'il s'était permise, lors de son règne sur les antennes, s'était exercée à l'encontre des gens qui disaient des gros mots.

Faites excuse, Monsieur Arthur, mais ce problème de gros mots me turlupine depuis que je suis en âge de reconnaître un mâle d'une femelle dans une assemblée hétérosexuelle, c'est vous dire à quel point ça remonte à la maternelle.

Il y a des lustres – huit lustres et demi, pour être précis – que je rongeais mon mistral gagnant – je n'aime pas les freins – avec l'envie d'en débattre, voire d'en découdre un jour avec un gros-motophobe, si possible notoire. Aujourd'hui que j'ai mon émission dans un poste de radio où on me laisse dire des mots de toutes les tailles, voici que vous tombez à pic pour nourrir mon courroux-coucou-Villers-lâche-moi.

Permettez-moi, Monsieur Arthur, de vous faire remarquer (avec humilité, car vous auriez pu être mon grand-père pour peu que ma grand-mère eût été cul pincé) que la cuisine française repose avant tout sur deux ingrédients indispensables : le gros sel, et le sel fin.

De même, la langue française, pour laquelle il reste à prouver que j'ai moins de respect que vous, est faite de mots à moutures variables. Petits mots, mots moyens, mots durs, mots doux et gros mots.

Est-il besoin de rappeler à un érudit répertorié dans les salons du Sud-Ouest et même au-dessus, que François Rabelais, à qui vous n'en voudrez pas de figurer dans le Larousse alors que vous n'avez pas fini d'attendre devant, fut en son temps le plus éblouissant serviteur des belles-lettres françaises. Et non pas malgré, mais à cause de l'artisanale magie de son verbe dont les superbes jurons colorés déculottaient déjà les hémiplégiques du langage qui cachent leurs mots crus et montrent au tout-venant leurs langues cuites, surbouillies, sans saveurs et sans images.

On vous dit féru d'histoire de France, Monsieur Arthur. Mais quel comte, quel duc, quelle altesse, hormis les falots et cireux z-Orléans qui clapotent au ras du trône des toilettes pour princes, quel roi de France trouve grâce à vos yeux baissés, dans ce procès rabat-joie que vous faites à leur verve ?

Mais Monsieur Arthur, au souper d'Henri IV, vous vous fussiez caché au fond du pot de la poule pour ne point ouïr les jurons du Béarnais.

Allez, bougez-vous, Monsieur Conte ; laissez tomber Jean-Claude Bourret et Henri de Bordeaux. Essayez Jean Genet, Léautaud, Léon Bloy, Ronsard, Duneton. Écoutez Pierre Perret, Brassens ou le petit Renaud. N'ouvrez pas les oreilles de vos petits enfants à la seule voix de Chantal Goya dont rien ne vous permet d'affirmer qu'elle et sa Bécassine sont moins vulgaires que les trois margotons qui rebondissent et caracolent dans le lit chaud des mots charnels qu'on trousse au coin des farandoles éternelles.

À qui feriez-vous croire, Monsieur Arthur, que les gros mots perturbent l'éducation des enfants ? Au nom de quelle morale ratatinée nous ferez-vous encaisser qu'un mot leste (c'est-à-dire agile et léger, en bon français) puisse surprendre et traumatiser un enfant devant un téléviseur ? Faut-il que vous soyez amnésique, papy, pour avoir oublié vos chants de la communale, qui sont encore en vogue, et véhiculent aux quatre vents tous les mots anatomiques, hormis testicule et postérieur, pour décrire aux porteurs de bretelles le dessous de leur ceinture.

Vous citez avec un émerveillement patelin le bien-parler des humbles, exempts, dites-vous, de tout écart de langage. Mais vous savez fort bien que souvent les gens du peuple n'ont pas les moyens d'être grossiers sans passer pour vulgaires à leurs propres yeux.

Le peuple, c'est lui qui a inventé les gros mots. Mais c'est vrai qu'il est parfois timoré, le peuple. Et je vous accorde qu'on n'a jamais vu un garçon de ferme arriver sans cravate dans une noce de parvenus en bermuda.

Mais pour le reste, mon président, sachez que c'est de bon droit que le langage est fleuri. C'est vous qui piétinez ses plates-bandes.

Quant au mois de mars, bordel de merde, je le dis sans aucune arrière-pensée politique, ça m'étonnerait qu'il passe l'hiver.

Paolo

28 février 1986

Paolo Conte nous arrive comme un cheveu sur la soupe.

Un cheveu d'or sur la soupe à la grimace.

En pleine apogée de l'hystérie bramante, où le décérébré spasmodique nous éjacule aux oreilles les giclées d'immondices anglomaniaques de sa consternante indigence, voici que nous vient, à cheval sur un tabouret de piano-bar prémussolinien, ce Piémontais grave et lent, tout habillé gris sobre de distinguée nostalgie.

Loin des fureurs vulgaires des modes mort-nées, Paolo Conte chante la chanson folle et frivole des années qu'il pleure. Il dit le goût défait des curaçaos amers et les rumbas éteintes.

C'est une voix crépusculaire de vraie virilité. Insolente de facilité. Profonde et sereine, charriant des graviers roses au bord de se briser.

Il chante. Paolo chante et la femme amoureuse de

l'amour frissonne au creux du cou. Et le rocker fluet, accablé par tant de beauté, meurt terrassé d'humiliation sous sa prothèse électronique.

Paolo Conte chante. Esthétiquement, c'est beau. Moralement, comme toute insulte à la médiocrité, c'est une bonne action.

Quant au mois de mars, je le dis sans aucune arrière-pensée politique, ça m'étonnerait qu'il passe l'hiver.

Bestiaire

7 mars 1986

L'homme vit mal loin de la nature. François Villon, en son temps, chantait son mal de vivre de citadin loin des forêts habitées. Rappelez-vous son bestiaire :

Oncques ne vit biche au bois
Oncques n'eut faucon dessus mon poignet droit
Oncques ne vit petit singe au gentil minois
Oncques oncques oncques.

J'aime les animaux. Je vis en contact permanent avec les animaux, contrairement à Villon qui stagnait dans le ruisseau. J'ai la chance d'habiter en plein Paris une maison qui donne sur un petit jardin. Quelle joie chaque matin d'ouvrir les volets pour entendre tousser les oiseaux.

Paris est plein d'animaux. Pour qui sait écouter la nature, la ville est une fête. Écoutez le gai cuicui du moineau qui pépie, écoutez le doux croucrou du pigeon qui roucoule, écrasez le gros caca du chienchien qui pète.

Je possède un chat persan. Je suis possédé par un chat persan, pardon. Indépendance et fierté, le chat n'est que noblesse. Particulièrement le persan car les persans se prennent tous pour LE chat. J'ai su tempérer la sublime arrogance du mien : je lui ai coupé la queue, je l'ai tondu comme un caniche (la fraise et les pattes à pompons) et je le fais dormir dans le frigo, pour lui raidir un peu la démarche. Il y a gagné en humilité ce qu'il a perdu en grâce. Depuis que le berger allemand le sodomise dans sa sciure, sa majesté féline a la couronne un peu penchée…

Tous les animaux sont utiles à l'homme. Et pas seulement parce qu'ils nous aiment, qu'ils nous gardent ou qu'on les bouffe. Les animaux nous sont utiles dans d'autres domaines moins explorés.

Le sport, par exemple – le tennis, tiens. On s'ennuie vite à jouer au tennis à cause, bien sûr, de l'inertie de la balle. Je sais de quoi je parle. J'ai été reporter sportif pendant un an. On s'emmerde : « Ici Pierre Desproges qui vous parle de Roland-Garros. À l'heure où je vous parle, c'est Lendl qui passe à McEnroe, qui passe à Lendl, qui passe à McEnroe, qui passe à Lendl… » On s'emmerde. Alors que si vous remplacez la balle par un poussin, c'est le fou rire assuré.

Et les boules ! Sans le concours de notre amie la méduse, avec qui jouerions-nous à la pétanque, l'hiver, sur nos lacs gelés ?

Les animaux ont souvent des qualités qui font défaut à l'homme.

Les animaux sont moins intolérants que nous : un cochon affamé mangera du musulman.

Ils sont persévérants : malgré la minceur des résultats, l'obstination du hérisson crève-pneu force l'admiration.

Et comment ne pas louer la sobriété de la camelle qui peut tenir 60 jours sans fumer de cameau ?

Ou l'admirable pudeur de l'anaconda qui peut se masturber sans bouger les genoux. Non seulement parce qu'il n'a pas de genoux mais parce que (je le tiens du regretté Trémolin) il lui reste, de l'époque où il était quadrupède, deux embryons de papattes enfermés sous la peau à hauteur des génitoires, ce qui lui permet donc de se chatouiller de l'intérieur à l'abri des gelées matinales et sans risquer des coups de bâton sur la gueule quand il croise un flic au bois de Boulogne !

Nous-mêmes, sommes-nous sûrs de détenir la suprématie de l'intelligence dans le règne animal ? Ignorez-vous les exploits du mérou d'Ankara par exemple ? C'est à n'en pas douter un authentique souci de rigueur scientifique qui guide le mérou d'Ankara. Le mérou d'Ankara se nourrit exclusivement de riz au cari. Il fait lui-même éclater son riz au cari à la poêle et, dès que le riz au cari pète, le mérou d'Ankara bout, d'impatience. Ensuite il le fait bouillir et, dès que le riz au cari bout, le mérou d'Ankara pète, de joie évidemment. (Je l'ai déjà dit, mais je le répéterai dans mon discours d'admission à l'Académie française.)

Pour toutes ces raisons, nous devons aimer nos frères animaux. Et mépriser leurs bourreaux. Honte aux bouchers ! À bas les corridas ! Je le crie sans joie car j'aime le peuple espagnol fier et courageux, avec un tout petit cul pour éviter les coups de corne ! À mort les bouchers, à mort les matadors, à mort la mère Bardot qui ne craint pas de s'exhiber en pulls de laine arrachée poil par poil sur le dos du mérinos innocent.

Dieu merci, il y a une justice : les bouchers ne font pas de vieux os – les matadors non plus. Y a que Bardot qui s'éternise, réchauffant sa vieille gloire dans l'ample culotte en bébé phoque Damart que le capitaine du Greenpeace lui a offerte l'année dernière à la Saint-Hubert.

Moi, je n'aurais pas pu être boucher. J'avais pas le cœur. Je n'aurais pas pu être matador. J'avais pas les tripes. J'aurais pas pu être Bardot. J'avais pas les fesses.

Quant à ces féroces soldats, je le dis, c'est pas pour cafter, n'empêche qu'y font rien qu'à mugir dans nos campagnes.

La gloire

11 mars 1986

Le public, c'est-à-dire vous et moi, encore plus vous que moi qui ne sort jamais, se fait une idée imprécise du sentiment de félicité grandiose ressenti par un personnage public, c'est-à-dire moi, pas vous, quand il est reconnu dans la rue, dans les salons, et plus encore au restaurant où le patron se fait un devoir de lui offrir le pousse-café et la patronne en échange d'un autographe sur le livre d'or.

Cependant, le personnage public se doit de rester humble et lucide face au légitime engouement dont il est l'objet.

La première fois que j'ai sorti mon museau de devant la télévision pour le mettre dedans, c'était il y a dix ans. Lors d'une pantalonnade parajournalistique hebdomadaire qui s'appelait « Le Petit Rapporteur » et qui drainait chaque dimanche l'attention de plus de 15 millions de scélérats amateurs d'espiègleries friponnes et d'irrespectueuses bouffonneries. Jacques Martin, le grand ordonnateur de cette salubre bouffée d'exubérance, me voyant un jour ronronner de vanité nouvelle au milieu d'une brassée de téléspectateurs à stylos brandis, me fit une remarque que je n'ai jamais oubliée et qui me revient en mémoire chaque fois qu'un quidam enthousiaste me phagocyte les baskets, m'imposant ainsi à l'esprit l'idée saugrenue que je ne suis pas de la merde :

« Vois-tu, mon cher Pierre – à l'époque je m'appelais déjà Pierre et je lui étais encore cher –, vois-tu, mon cher Pierre, il est important que tu saches que le nombre de gens qui te voient en un seul dimanche est à peu près trente fois supérieur au nombre total des gens qui ont vu Louis Jouvet pendant toute sa carrière. »

Il est de fait que si chaque nouveau starillon hululeur de rock départemental, si chaque nouvelle célébritouille microphonique, si chaque speakerine, si chaque détenteur de sourire de lavabo pour grabataires finissants méditait un instant cette remarque pleine de bon sens, combien de têtes de cul poudrées resteraient sur la commode avec humilité, plutôt que de s'élever jusqu'à hauteur d'écran pour nous infliger les rots convulsifs de leurs malaises gastriques à l'heure apaisante des digestions assises.

En ce qui me concerne, c'est, au demeurant, en pleine conscience de cette évidence que je fais présentement de la radiophonie, dans le but estimable d'épargner aux voyeurs des lucarnes l'image soufflée au Picon-bière de la protubérance cérébrojoufflue qui me tient lieu de présentoir à pipes les jours où je me sens fumeux.

Au cas où je me laisserais aller à me surévaluer l'ego à mes propres yeux à l'occasion d'une flagornerie de quelque pilier vermoulu de mon fan-club d'Hénin-Liétard, la rude réalité de mon insignifiance ne manque jamais de me remettre à ma place : celle, auprès du poêle au fond de la classe, que j'eus le tort de quitter le jour où j'ai eu les moyens de m'offrir mon premier radiateur avec un chèque de TF1.

Ainsi me promené-je radieux jeudi dernier au rayon lingerie des Galeries Lafayette, à l'heure du déjeuner que la secrétaire expédie d'un bec distrait pour avoir le temps de renouveler ses dentelles.

Je méditais sur la vanité des choses sans perdre de vue ces doigts blancs z-aux ongles rouges frôlant d'un geste sûr et carmin les soies diaphanes et lumineuses des dessous affolants pour nos sens interdits !

J'allais d'un pas moyen dans ces allées exquises, dardant au-dessus de l'intouchable gynécée un œil faux cul d'homme d'affaires pressé cherchant le rayon fumeurs, quand je vis venir vers moi un couple tout à fait insolite en ces lieux. C'étaient deux vieux et gros glébeux à trognes cuites, extradés du Bas-Poitou par quelque noce à Paris. Ils portaient sur le dos les stigmates indélébiles de quarante ans d'emplettes aux « Dames de France » de Champfleur-sur-Yvonne. Lui arborait une casquette neuve plus fluo qu'écossaise, au-dessus d'une capote apatride où se dandinait sa couenne. Elle, radieuse à l'aube de son troisième âge, bloubloutait ses excédents dans un deux-pièces montgolfière. Gras dessus, gras dessous, ils obstruaient sans malice l'allée des petites culottes et s'imposaient à moi.

Quand ils ne furent plus qu'à un pas de votre serviteur, l'opulente cocochamelle s'arrêta pile, stoppant du même coup son Cro-Magnon qui manqua de piquer du nez dans un mannequin enguirlandé de chiffonneries noir et rouge plus érotiques que six semaines à Bangkok.

« Ah ben ça alors ! Ah ben vingt dieux ! Ah ben si j'm'attendais ! » beuglait supermolle – car c'était elle – dans l'oreille de son brontosaure à betteraves.

« Mais qu'ess t'a don ma vieille ? » s'interloqua-t-il en regardant dans la même direction qu'elle, c'est-à-dire vers moi.

En réalité elle ne me regardait pas, au sens humain du mot, c'est-à-dire que ses yeux n'étaient pas dans les miens mais un peu à côté. C'était – comment dire ? – un de ces regards qu'on jette aux objets, un regard dont à juste titre on n'attend rien en retour, un regard pour bibelot, un regard pour l'horaire affiché dans les gares. Avec, en prime, un étonnement majuscule. Comme s'il s'était agi des horaires du train fantôme.

« Mais qu'ess t'a don ma vieille ?

– Ben tu vois don pas çui-là ? » insista-t-elle en le poussant d'une main vers moi tout en me tirant vers lui par l'épaule, ce qui ne fit que renforcer en moi l'idée que je me faisais de son incroyable mépris à mon endroit…

« M'enfin r'gard'don, Raymond bond-là, ce type-là, tu vois ben qui qu'c'est ! M'enfin, c'est l'con d'la télé. »

Et lui :

« Ah putain ! C'est l'con de la télé ! *(À moi) :* C'est ben vrai ? Vous êtes le con d'la télé ? »

Avouez quand même que le con d'la radio c'est moins voyant !

Quant aux cons de mars… oh pardon, quant au mois de mars, je le dis sans aucune arrière-pensée politique, ça m'étonnerait qu'il passe l'hiver.

Laura

13 mars 1986

Le jour de la première annonce par le Jihad islamique de l'assassinat de Michel Seurat, madame Jacqueline Cartier écrivait dans *France-Soir* que Johnny Hallyday s'était rendu dans la boutique de son amie Chantal Goya pour y faire l'acquisition d'une bambinette pour sa fille Laura âgée de 2 ans et demi. Au terme de son article, l'auteur relatait ce propos qu'elle tenait de la bouche même du chanteur – je cite: « Il faudrait que je lui prenne du 4 ans, elle est grande pour son âge. »

Plus de huit jours ont passé. Et que constatons-nous ? Aucun autre média, journal, radio ou télévision, n'a repris, développé ou commenté cette information. Tout se passe comme si le reste de la presse voulait faire tomber le voile du silence sur une affaire qui nous concerne tous.

Je sais trop bien, pour en avoir fait partie, quelle mesquine jalousie peut animer les journalistes chaque fois que l'un d'eux leur souffle un scoop sous le nez. Pour peu que l'article en question soit relégué en troisième page, comme ce fut le cas de celui de Jacqueline Cartier, la vengeance des chers confrères consiste évidemment à passer l'affaire sous silence en espérant que peu ou pas de lecteurs n'en auront pris connaissance.

Et ça marche. Disons plutôt que cela aurait pu marcher si France-Inter, par ma bouche, dont au passage je signale aux connaisseurs la troublante pulposité, n'avait courageusement décidé de le lever, ce voile.

Car les Français ont le droit de savoir la vérité. Les Français sont adultes, ils le montreront dimanche encore en allant faire un tour, un seul tour, au bistrot pour jouer Trouducul dans la Ve. Ils sont adultes, les Français, et nombreuses sont les questions qui leur viennent à l'esprit à la lecture du papier de Jacqueline Cartier. Car enfin, que nous dit-elle ?

– Que Chantal Goya a acheté un magasin de vêtements.

Avec quel argent ? Comme elle l'a naguère courageusement reconnu lors d'un mémorable face-à-face télévisé avec des plantes en pot, l'essentiel des maigres milliards que rapportent à Chantal Goya ses séances de lavage de cerveau pour enfants d'imbéciles sont immédiatement réinvestis dans de nouvelles entreprises d'abrutissement des masses scolaires. C'est tout juste s'il lui reste de quoi faire face aux inévitables frais que lui imposent déjà les premiers stigmates d'une ménopause bien méritée. Alors, d'où vient l'argent ? Les Français, répétons-le, ont le droit de savoir.

Deuxième problème soulevé par l'article de madame Cartier : le chanteur de charme coxalgico-godardien J. Hallyday vient de réitérer ses menaces de traîner en justice quiconque ferait allusion de près ou de loin à sa vie privée. Il a d'ailleurs toujours été fidèle à ce principe, ne montrant à tous les passants que sa tête, celle de ses femmes et de ses enfants. Et seulement lors de circonstances relevant du plus haut intérêt public, telle cette promenade au crépuscule main dans la main avec sa compagne, dans les îles lointaines où le photographe de *Paris-Match* les avait rejoints après 16000 bornes d'avion, pour pouvoir titrer sous sa photo – je cite : « Ils ont fui les photographes pour se retrouver seuls au monde. »

Dans cette optique, n'est-il pas étrange que le plus notoire, le plus historique, que dis-je ? le plus préhistorique de nos rockers soulève la chape de plomb par lui-même scellée sur son intimité la plus sacrée en nous révélant l'âge et le prénom de sa propre enfant ? Quelle pire atteinte à la vie privée d'un personnage public que celle qui consiste à exhiber au tout-venant le fruit des entrailles de sa meilleure copine ?

Enfin, avec ce souci de recherche de la vérité qui caractérise les plus rigoureux polémistes, Jacqueline Cartier a gardé pour la fin de son papier cette fameuse petite phrase qui éclate comme une bombe au cœur de la monotonie qui caractérise l'actualité de ce morne mois de mars à peine marqué de quelques bavures moyen-orientales – je cite encore : « Il faudrait que je lui prenne du 4 ans, elle est grande pour son âge. »

Je suis père moi-même. J'ai des enfants. Jusqu'à présent, je n'ai jamais eu l'occasion de les montrer dans les journaux et, les rares fois qu'on m'en a prié, j'ai refusé catégoriquement car je n'ai pas les moyens de payer la rançon. Mais enfin je sais de quoi je parle : je sais à quoi ressemble une petite fille de 2 ans et demi. Dans du 4 ans, même quand c'est grand pour son âge, je suis désolé mais ça flotte, ou alors c'est que ça a été victime d'élongation : je connais le cas d'un bébé de 2 ans et demi qui mesurait 1 m 65, mais c'est parce qu'il avait été sans cesse tiraillé entre son père et sa mère.

Alors ? Les Français sont adultes. À deux jours d'élections législatives décisives pour l'avenir de leur pays, ils ont le droit de connaître la vérité dans cette pénible affaire de la bambinette qui flotte...

Quant au mois de mars, on s'en fout.

Les canards

17 mars 1986

Si l'on fait le bilan des évènements d'intérêt national qui ont marqué la dernière quinzaine, j'en retiendrais que *Le Canard enchaîné* vient de fêter ses soixante-dix ans.

Cela ne vous fait pas rire ? Cela devrait. « *Le Canard enchaîné* vient de fêter ses soixante-dix ans. »

Avouez que c'est une belle contrepèterie. Difficile, mais superbe. Vous cassez pas la tête, je vous envoie la solution contre 50 francs en timbres ; j'ai horreur des contrepèteries gratuites.

J'ai des rapports extrêmement ambigus avec les contrepèteries : je les trouve toujours, et elles ne me font jamais rire. C'est extrêmement pénible. J'ai comme ça un copain qui a horreur des champignons et qui en débusque tous les automnes à chaque pied de chêne. Il adore les contrepèteries. Il est malheureusement incapable d'en trouver une seule. Alors je l'aide, et en échange, il me refile un ou deux bocaux de cèpes en conserve.

À propos de canard, j'ai dans mes tiroirs une histoire à plumes que je brûle de vous narrer, car elle finit mal. J'aime bien les histoires qui finissent mal, ce sont les plus belles, parce que ce sont celles qui ressemblent le plus à la vie. D'ailleurs, je demande aux personnes sensibles et impressionnables de ne pas quitter l'écoute. Mon histoire ne manquera pas de les faire pleurer et rien au monde n'est plus salubre au cœur des personnes sensibles et impressionnables que quelques larmes bienvenues au bout d'une histoire qui finit mal.

Il était une fois, une seule, car une fois n'est pas coutume, une petite fille qui s'appelait Caroline et qui aimait les canards. Avec ses chers parents qui se détestaient mais qui savaient se tenir dans le monde, elle habitait une jolie maison bourgeoise dans la banlieue chic de Paris, avec une piscine, un barbecue panoramique et un portail électronique, mais pas de canards.

Caroline avait un grand frère qui allait à la Foire du Trône pour faire des cartons quand c'était le moment de la Foire du Trône. Il savait faire un tas d'autres choses mais elles n'entrent pas dans le cadre de mon histoire, alors que le fait qu'il allât à la Foire du Trône, si.

Un jour, le grand frère de Caroline gagna un lot au tir à la carabine. À la Foire du Trône. C'était un carton cubique avec un caneton ovale dedans. « Tiens, Caroline, dit-il à Caroline, voici un caneton, moi je garde le carton. »

Caroline éleva le caneton avec beaucoup de tendresse et de croûtons et l'appela Mickey car elle n'avait pas tout compris dans Walt Disney. Mickey vivait sous le lit de Caroline dans une boîte à chaussures de pointure 44 car son père était un grand con. Je parle du père de Caroline. Au moment des faits, le papa du caneton avait déjà été laqué dans le XIIIe par un ancien boat people sino-poitevin qui s'appelait Henri Cantonnais, mais oublions-le, il n'entre pas non plus dans le cadre de notre histoire.

Quand le caneton Mickey devint un canard, on s'aperçut que c'était une cane. À cause des plumes. Les canards mâles ont au derrière le plumage vif et chatoyant que les mousquetaires ont au chapeau pour affirmer leur virilité. Les canes ont le plumeau gris terne que les concierges ont dans l'escalier pour souligner leur féminité.

En plus, les canards en avaient, alors que Mickey non. « Qu'à cela ne tienne, dit Caroline qui parlait comme une speakerine, nous t'appellerons Mickette. »

Quand Mickette fut en âge d'être maman, Caroline lui donna à couver un œuf de poule.

Au bout de trois semaines, l'œuf de poule éclôt, éclosit, éclosa, rayer les coquilles inutiles. Un petit poussin naqua, naquût, naquît et vint au monde.

Caroline l'appela Droopy car elle n'avait pas tout compris non plus dans Tex Avery.

Quand le poussin devint un poulet, on s'aperçut à ses plumes que c'était une poule. « Qu'à cela ne tienne, dit Caroline, nous t'appellerons Droopette. »

Et c'était merveille de voir, dans le grand parc de la maison où les parents de Caroline se poursuivaient avec des couteaux de cuisine, la cane Mickette et la poule Droopette qui la suivait partout, comme si c'était sa vraie maman. Un jour, hélas, la cane plongea dans la piscine et la poule en fit autant et bien sûr elle périt noyée. Cette histoire est triste, d'autant plus qu'elle est vraie. J'ai simplement changé les identités des protagonistes en donnant des noms d'enfants du bon Dieu aux canards sauvages.

Quant au mois de mars, je le dis sans aucune arrière-pensée politique, ça m'étonnerait qu'il passe l'hiver.

Catherine et le boucher

18 mars 1986

Dans ces métiers péripathétiques du show-biz et des médias, l'on rencontre beaucoup de monde. Et, n'est-ce pas ? ça nous interpelle quelque part, comme ça, n'est-ce pas ? En particulier, cet environnement pléthorique est la porte ouverte à toutes les gaffes. On a beau avoir une excellente mémoire, cela n'empêchera jamais personne d'être incapable de reconnaître, au bout de dix ans de cocktails et de premières, une pétasse bien ravalée d'une star authentique. Un soir on vous présente le couple Sim - Marie-France Garaud, le lendemain on vous fait trinquer avec Sylvia Montfort et Krasucki, vous croyez voir les mêmes. Voulant bien faire et pour vous rendre aimable, vous demandez à Krasucki si ça fait toujours rire quand il se déguise en baronne, et vous pouvez dire au revoir au piston CGT pour votre nomination à la direction du personnel de la SNCF.

La gaffe la plus notoire dans ce domaine avait pour cadre le théâtre de l'Odéon, je crois. Lors de la générale d'un vaudeville progressiste avec message à gauche et amant dans le placard, un grand acteur de cinéma s'était trouvé assis auprès d'un fringant quadragénaire, dont il était sûr qu'on le lui avait présenté, mézéla, mézéla, mézélassou ?

À l'entracte, ébauche de conversation. Le comédien, justement, pour éviter les gaffes éventuelles, branche assez naturellement le blablabla sur le spectacle de ce soir :

« C'est nul, cette pièce, non ?

– Je suis l'auteur, soupire l'autre.

– Non, je veux dire, le texte est très bon. Mais il y a une telle platitude dans la mise en scène que…

– Je suis le metteur en scène.

– Ah oui ? Ah bon. Non mais. Comment dire ? La vieille qui joue la mère abusive, elle est vraiment tarte.

– C'est ma mère, monsieur. »

Une amie écrivain prolifique, jolie femme mais plutôt timide, m'a rapporté le cas d'une gaffe beaucoup moins cruelle et tout à fait charmante dont elle venait d'être à la fois l'auteur et la victime, comme cela se conjugue souvent dans ce domaine. Cette dame et son mari font couramment table ouverte et sortent beaucoup.

Un matin, Catherine, car elle ne s'appelle pas Catherine mais je la pseudonymise ainsi parce que je n'ai pas pu la joindre, au moment où j'écris cette chronique, pour lui demander l'autorisation d'exhiber en public un tout petit coin d'elle-même qui ne m'appartient pas, et donc voilà, un matin Catherine enfourche son vieux vélomoteur pour aller chez son éditeur. Alors qu'elle venait de stopper au feu rouge à hauteur du café de Flore, elle voit venir vers elle un sémillant jeune homme bien mis qu'elle était sûre d'avoir déjà vu, mézéla, mézéla, mézélassou, et qui lui faisait des gestes d'amitié. S'arrêtant à sa hauteur, il lui dit simplement :

« Salut ! Pour après-demain soir, on fait comme on a dit ? »

Il faisait probablement allusion au bal costumé chez Barclou, où les hommes seraient habillés en macs et les filles en prostituées, et elle, la malheureuse, obéissant à ce réflexe conditionné chez toute cette faune intello-artistique de par chez nous, elle, la misérable, tendant le cou par-dessus le trottoir, embrassa l'homme chaleureusement sur les deux joues, en lui lançant, avant de redémarrer, un joyeux : « OK, à après-demain, on va s'marrer, je serai déguisée en pute de western. »

Elle passa le reste de la journée à tenter en vain d'identifier le sémillant jeune homme bien mis. Elle s'en voulait terriblement de cette défaillance de sa mémoire car elle était absolument convaincue qu'une forme de relation récente mais suivie existait entre elle et ce garçon en dehors des mondanités d'usage. Où l'avait-elle vu pour la dernière fois ? Chez Michou ? Chez Lipp ? Au bar de l'Olympia ? À Honfleur ?

Il avait dit : « Pour après-demain soir, on fait comme on a dit. » Cela voulait dire qu'il était de la fête, mais il y en avait deux cents autres…

Et puis, c'est la vie, et le vent efface sur le sable les souvenirs de l'avant-veille, et les feuilles mortes se ramassent je te raconte pas à la pelle, et Catherine avait oublié l'incident, et c'est normal car elle est oublieuse.

Le soir du bal costumé, avant de rentrer se déguiser en hétaïre à cow-boys, elle se rappela qu'elle devait passer chez le boucher de la rue de Buci à qui elle avait commandé un gigot pour huit personnes, destiné à figurer en plat de résistance lors du déjeuner du dimanche suivant où elle avait convié des parents brebivores.

Elle s'en fut donc à la boucherie. Le sémillant jeune homme bien mis était là, sanglé dans un tablier blanc un couteau rouge à la main. C'était Riton, le nouveau garçon boucher, qui n'était entré en fonctions que depuis quelques semaines. Il l'accueillit à bras ouverts :

« Ah ! madame Catherine, il est prêt votre mouton. Vous serez pas déçue. C'est rien que du bon. »

Il arborait, mine de rien, une ébauche de sourire à la Clark Gable, du type : « Toi et moi, poulette, quand c'est qu'on concrétise ? »

Depuis ce jour, Catherine ne cache pas un soudain enthousiasme pour la cuisine végétarienne. Et, en ce qui concerne ses élans affectifs, elle n'embrasse plus que sa carrière.

Quant à ces féroces soldats, je le dis, c'est pas pour cafter, n'empêche qu'y font rien qu'à mugir dans nos campagnes.

Pangolin

19 mars 1986

Qu'on me permette exceptionnellement de consacrer cette chronique à l'expulsion d'un remords qui me ronge.

Je voudrais présenter ici mes excuses au pangolin.

Le pangolin est un mammifère édenté d'Afrique et d'Asie. C'est une bête éminemment pacifique. De ma vie, je n'ai jamais eu à me plaindre d'un pangolin.

Pourtant, dans un petit livre que j'ai publié il y a plus d'un an, et dont je vous recommande vivement d'éviter la lecture, je m'étais permis de porter un jugement sans doute blessant et péjoratif visant à discréditer l'image publique de ce paisible quadrupède. Pour faire sourire. Pour vendre du papier. Bassesse. Par la suite, repris par le tourbillon de la vie, mon travail, mes amours, ma santé, préoccupante, car à 46 ans passés je n'ai toujours pas de cancer, j'avais fini par oublier le pangolin.

Or, mercredi dernier, l'un des prétendants de ma fille – il n'a pas fini de prétendre, ils ont 9 ans chacun – est entré furibard dans mon bureau, le livre en question à la main.

« Dis donc, t'es vraiment salaud avec les pangolins. »

Après lui avoir fait remarquer que ce n'était pas là le ton convenable pour s'attirer les grâces d'un beau-père potentiel, je finis par lui accorder un bref entretien sur celui de mes genoux où n'était pas le chat.

« Pauvre pangolin. Regarde ce que tu as écrit. »

Et en effet, à la relecture, je ressentis comme une méchante intention de blesser dans la description physique et morale que j'avais brossée du pangolin.

« Mais tu sais, c'était pour de rire…

– N'empêche que ça peut faire de la peine. Tu serais un pangolin, ça m'étonnerait vraiment que ça te fasse rigoler. »

Il me montrait du doigt le passage incriminé :

> *Le pangolin mesure un mètre. Sa femelle s'appelle la pangoline. Elle ne donne le jour qu'à un seul petit à la fois, qui s'appelle Toto. Le pangolin ressemble à un artichaut à l'envers prolongé d'une queue à la vue de laquelle on se prend à penser que le ridicule ne tue plus.*

« Je reconnais que j'ai tapé fort. Le mot "ridicule" est un peu dur. C'est ça qui te gêne ?

– Ah non, ça c'est rien. C'est Toto. C'est idiot, Toto, pour un pangolin.

– Mais toi, qu'est-ce que tu connais des pangolins ?

– Quand j'étais en vacances en Côte d'Ivoire, on avait un pangolin. Et il est mort sous un camion. J'avais lâché sa laisse. (Il ne voulait pas se promener sans laisse.)

– Alors tu as de la peine, et aujourd'hui tu n'aimes pas trop qu'on se moque des pangolins ?

– Ben oui. Pauvre Gérard.

– Parce qu'il s'appelait Gérard ?

– Oui. Dis donc, dans tes conneries pour la radio, un mercredi, tu devrais parler des pangolins, pour que les enfants qui ont lu ton livre, ils voient bien que c'était pour de rire. »

Je me sentis assez flatté à l'idée que ma mauvaise image de marque dans son école lui était pénible.

Alors bon. Rectificatif :

LE PANGOLIN

Le pangolin, du malais *pangolling*, qui signifie à peu près « pangolin », est un mammifère édenté d'Afrique et d'Asie qui se nourrit de fourmis et de termites. Il mesure un mètre. Son corps est couvert d'écailles très très belles et il ne ressemble pas du tout à un artichaut. Sa queue s'arrête juste bien quand il faut, c'est formidable.

Quand il a faim, le pangolin a un truc que même dans la jungle aucun fauve il est même pas cap tellement qu'il a les boules.

D'abord il trouve une fourmilière grâce à son flair super. Avec son nez pointu et ses griffes super, il s'enfonce au milieu de la fourmilière. Après, il entrouvre toutes ses écailles très très belles, qui sont de la taille d'une petite feuille d'artichaut mais très très belle. À ce moment-là, le pangolin réfléchit très fort avec sa concentration, et une petite goutte sucrée comme du miel se met à suinter sous chaque écaille. Et alors toutes les fourmis, des milliers de fourmis, se jettent dessus. Et le pangolin, sans rigoler alors que ça chatouille mais il est super-concentré, attend que les fourmis soient arrivées, et clac, il referme toutes les écailles.

Après, il sort de la fourmilière, il va dans un coin tranquille, il rouvre ses écailles, il se secoue très fort, et les fourmis tombent autour et il les mange.

C'est une bête formidable, sauf qu'elle traverse sans regarder et ça c'est très dangereux. La femelle du pangolin s'appelle la pangoline. Elle donne le jour à un seul petit à la fois qui s'appelle Gérard.

Quant à ces féroces soldats, je le dis, c'est pas pour cafter, n'empêche qu'y font rien qu'à mugir dans nos campagnes.

Résurrection

25 mars 1986

Jeudi dernier, *Le Quotidien de Paris* a annoncé la mort de Marcel Dassault.

Aussitôt, sans même vérifier la source de leur information, les chers confrères ont démenti. « Fausse nouvelle, annoncent les radios dès le journal de 8 heures. Marcel Dassault n'est pas mort. » Une heure plus tard, Marcel Dassault lui-même téléphone à une rédaction. Il prétend qu'il est vivant. Alors qui croire ?

Sans vouloir prendre parti, je puis témoigner, pour avoir assisté il y a cinq ans à une projection de film à côté de monsieur Dassault, que ce dernier ne donnait déjà plus aucun signe de vie. Certes, il s'agissait d'une œuvre léthargico-bucolique où Chantal Goya jouait sans grande conviction le rôle, pourtant à sa mesure, de Blanche-Neige confrontée au drame de la ménopause dans le Poitou. Mais enfin, c'est un film que le PDG de

Jours de France avait produit lui-même, il y avait mis toute l'émotion dont peut être capable un marchand d'armes international, et il m'avait paru surprenant qu'il s'endormît, j'en avais déduit qu'il était déjà mort.

Quoi qu'il en soit, et quand bien même Marcel Dassault ne serait pas mort, il finira bien par mourir un jour.

Alors, chers confrères, je vous en prie, cessez d'enfoncer un peu plus le journal de Philippe Tesson qui vient déjà d'amortir un sacré coup dur en basculant malgré lui dans la majorité au risque de devenir aussi chiant que *Le Matin* (le journal qui a perdu tout naturel en revenant au Gallo). En réalité, *Le Quotidien de Paris* a été le premier journal de toute la presse française à annoncer la mort de Marcel Dassault et j'attends de pied ferme un démenti. Tout le reste n'est que verbiage et papotage qui sont les deux mamelles de *Jours de France*, le journal de Caroline et Stéphanie font du ski, qui est évidemment la revue glacée préférée des coiffeurs car les pellicules glissent dessus quand les Grimaldi glissent dedans.

Notons au passage, pour le cas où l'annonce du décès de papy-vroum-vroum serait une fausse nouvelle, qu'elle est plutôt de bon goût. Je veux dire qu'elle est moins sinistre que son contraire qui eût consisté à annoncer : 1° Marcel Dassault va très bien. 2° *Pouf, pouf,* c'est pas vrai, il est mort. Comme ce fut le cas par deux fois au moins dans les annales journalistiques de ce siècle.

La première fois, en mai 1927, la presse française

et américaine annonçait bruyamment l'arrivée triomphale de Charles Nungesser et François Coli de l'autre côté de l'Atlantique après une traversée aérienne sans histoire. Pendant qu'on commençait à mettre le champagne au frais en leur honneur à Paris et à New York, les deux malheureux pionniers avaient déjà fini de jouer à Pince-mi et Pince-moi sont dans un avion : l'avion tombe dans l'eau, qu'est-ce qui reste ? Deux steaks tartares pour les dents de la mer…

Plus près de nous, au cours des Jeux olympiques de Munich de 1972, onze athlètes israéliens sont pris en otages par des terroristes. Dans la nuit du 4 au 5 septembre, alors que les négociations pour leur libération semblaient plutôt mal tourner, la première édition du journal *L'Aurore* titre sur huit colonnes : « ILS SONT TOUS SAUVÉS. »

Alors qu'ils venaient d'être exécutés à la grenade – le correspondant à Munich du journal avait probablement balbutié au téléphone : « ILS ONT TOUS SAUTÉ » – mais la friture et l'émotion aidant, si j'ose dire, son confrère parisien, à une consonne près, avait compris le contraire.

C'est sans doute parce qu'il était lui aussi bouleversé qu'un journaliste d'une radio périphérique annonça le décès de Jean XXIII en 1963, en lançant d'une voix lugubre et trois fois de suite : « Le pope est mart. »

Trois jours après, un reporter d'une autre radio révélait gaiement au monde, à l'issue du conclave, l'élection du nouveau pape Paul VI.

Quant à ces féroces soldats, je le dis, c'est pas pour cafter, n'empêche qu'y font rien qu'à mugir dans nos campagnes.

Faux jeton

27 mars 1986

Ma chronique d'aujourd'hui est en réalité une lettre (ouverte) à monsieur Delbouys, directeur général des télécommunications d'Île-de-France, en réponse à la lettre (fermée) qu'il m'a adressée à mon domicile le 27 février dernier.

Mon cher Delbouys,

J'ai bien reçu ta lettre. (J'espère que tu ne m'en veux pas de ce tutoiement, mais je dis « tu » à tous ceux que j'aime, et justement tu commences à me plaire.)

Si j'ai attendu aujourd'hui pour te répondre, c'est que je ne voulais pas perturber la campagne électorale, dont la sérénité en avait déjà pris plein la gueule, en dénonçant sur la place publique les jeux idiots auxquels se livrent les grands patrons des PTT pendant les heures de bureau.

Je rappelle l'essentiel de ta lettre dont je me suis autorisé à virer les adverbes superflus et les bizarreries syntaxiques qu'on t'a apprises à l'ENA pour faire joli dans les discours abscons :

Monsieur,

Par suite d'un incident qui a affecté le dispositif de modulation horaire des tarifs du commutateur téléphonique sur lequel votre ligne est raccordée, les communications interurbaines établies durant la journée du 1er janvier 1986 ont été taxées selon le tarif applicable aux jours ouvrables.

Je vous demande de bien vouloir nous communiquer une estimation de la durée des communications interurbaines établies ce jour-là à partir de votre ligne afin que les rectifications nécessaires soient apportées à votre compte.

Vous voudrez bien communiquer, avec votre estimation de la durée, l'heure et le numéro d'appel des communications qui ont été établies.

En vous priant de bien vouloir accepter mes regrets gnagnagna…

L'Ingénieur Général
Directeur des Télécommunications d'Île-de France
A. Delbouys.

Mon cher Delbouys, je rends hommage à ta scrupuleuse honnêteté. Hélas ! le 1er janvier dernier, comme tout fêtard de base heureux d'avoir progressé d'une révolution autour du soleil, j'étais complètement bourré. J'étais pété comme un serre-joint, pour parler comme ton collègue de la Lyonnaise des Eaux. Comment veux-tu, dans ces conditions, que deux mois plus tard je me souvienne encore des coups de fil que j'ai donnés ce Jour de l'an-là ? Même non bourré, il est exceptionnel que je pointe sur un carnet l'heure et la durée des bons vœux que j'adresse téléphoniquement à ma tatie Josette qui se recroqueville présentement dans l'arthrite et dans le Poitou. Une femme admirable au demeurant dont je suis l'unique réconfort et l'unique héritier, et qui comprendrait mal que je la chronométrasse chaque fois que je l'appelle, dans le seul but de réparer, cher Delbouys, tes conneries de lendemain de réveillon.

Ce que je suggère, c'est que nous oubliions toi et moi les 3 francs 6 sous que tu me dois et que tu dois à quelques dizaines de milliers d'autres qui, comme moi, l'ont dans le… dans la… dans la fente réservée à cet usage, comme tu dis si joliment dans ton patois pététique.

En revanche, afin d'éviter que se renouvelle ce genre d'incident, qui pourrait te valoir, auprès des méchantes gens, une injuste réputation de faux cul indigne d'un marchand de vrais jetons, je te propose de venir passer le prochain réveillon à la maison. N'oublie pas ton chronomètre, ton carnet et ton petit crayon.

Si tu as des copines, n'hésite pas à les amener. Pendant que tu cocheras mes appels, je tâcherai de leur apprendre le coup de la brouette japonaise avec double axel en PCV, sans affecter le dispositif de modulation horaire des tarifs du commutateur élastique sur lequel est raccordé leur porte-jarretelles interurbain…

Accessoirement, chers auditeurs, n'hésitez pas à me faire part des tracasseries kafkaïennes et autres mesquineries courtelino-ubuesques dont vous seriez les victimes. Dénoncez-moi les hauts et les bas fonctionnaires qui vous escagassent les neurones ou vous boursouflent les surrénales du haut de leur incompétence en blouse grise. Je saurai mettre ma haine au service de la vôtre pour défendre, s'il le fallait, la veuve contre l'orphelin. Vous pouvez compter sur moi : je le ferai sans élégance ni mansuétude, avec ce manque de courtoisie dans le ton et cette trivialité dans le verbe qui sont indispensables à la crédibilité de l'insulte.

Quant à ces féroces soldats, je le dis, c'est pas pour cafter, n'empêche qu'y font rien qu'à mugir dans nos campagnes.

L'intelligibilité de l'Histoire

31 mars 1986

En voulant allumer un feu de cheminée avec des paperasses inutiles, je suis tombé hier par hasard sur une page du tome 2 de la *Critique de la raison dialectique* de Jean-Paul Sartre.

Écoutez plutôt :

> *Il faut revenir à cette première vérité du marxisme : ce sont les hommes qui font l'Histoire ; et comme c'est l'Histoire qui les produit (en tant qu'ils la font), nous comprenons dans l'évidence que la « substance » de l'acte humain, si elle existait, serait* au contraire *le non-humain (ou, à la rigueur, le pré-humain) en tant qu'il est justement la matérialité discrète de chacun.*

C'est extrait du chapitre intitulé « L'intelligibilité de l'Histoire »… Ah, évidemment, si vous n'arrêtez pas de tripoter votre belle-sœur en conduisant pendant que je cause dans le poste, vous n'êtes pas près de comprendre les vérités premières du marxisme. Allez, on se calme. *Pouf, pouf.* Je répète :

> *Il faut revenir à cette première vérité du marxisme : ce sont les hommes qui font l'Histoire ; et comme c'est l'Histoire qui les produit (en tant qu'ils la font), nous comprenons dans l'évidence que la « substance » de l'acte humain, si elle existait, serait* au contraire *le non-humain (ou, à la rigueur, le pré-humain) en tant qu'il est justement la matérialité discrète de chacun.*

Non, mais je sais ce que c'est : y a des belles-sœurs qui font exprès de mettre leur ceinture de sécurité parce que ça fait ressortir les nichons, alors évidemment on est dispersé…

Cela dit, vous n'avez pas tout à fait tort : c'est pas très clair, « l'intelligibilité de l'Histoire ». Il doit s'être glissé une ou deux coquilles dans ce texte. Il suffit peut-être de changer un mot ou deux pour que « l'intelligibilité » devienne intelligible. Exemple :

> *Il faut revenir à cette première vérité du marxisme : ce sont les chiens qui font ouah ouah ; et comme c'est le ouah ouah qui les produit (en tant qu'ils le font), nous comprenons dans l'évidence que la « substance » de l'acte canin, si elle existait, serait* au contraire *le non-*

> *ouah ouah (ou, à la rigueur, le pré-ouah ouah) en tant qu'il est justement la matérialité discrète de chacun.*

C'est une vérité qu'on peut à la rigueur étendre à l'informatique simplement en passant des chiens aux puces :

> *Il faut revenir à cette première vérité du marxisme : ce sont les puces qui font l'ordinateur ; et comme c'est l'ordinateur qui les produit (en tant qu'elles le font), nous comprenons dans l'évidence que la « substance » de l'ordinateur, si elle existait, serait* au contraire *le non-puce (ou, à la rigueur, le prépuce) en tant qu'il est justement la matérialité discrète de chacun.*

Il faut bien voir que, quand Sartre écrivait ce genre de conneries, à la fin des années 50, il ne se prenait pas encore au sérieux. Il n'avait pas encore été nommé pape des Béats de la rive gauche. Il écrivait surtout pour du pognon ou pour faire rigoler Jean Cau. Il se contentait de cachetonner dans des feuilles de chou antifascistes primaires avec une mauvaise foi !!!

C'était pas honnête, c'est vrai. Il faut revenir sur cette vérité première du fascisme. En réalité, ce sont les étrangers qui foutent le bordel. Et comme c'est le bordel qui les produit (en tant qu'ils le foutent), nous comprenons dans l'évidence que la « substance » de l'anti-bordel, si elle existait, serait au contraire le non-bougnoule, ou à la rigueur le pré-bougnoule en tant qu'il est la matérialité discrète de chacun.

Quant à ces féroces soldats, je le dis, c'est pas pour cafter, n'empêche qu'y font rien qu'à mugir dans nos campagnes.

Cancer

1er avril 1986

J'ai reçu l'autre jour une lettre d'une dame qui a un cancer.

Le fils de cette dame, un étudiant de 19 ans, n'avait rien trouvé de plus intelligent, pour distraire sa mère, que de lui refiler un petit bouquin prétendument dictionnaire, en réalité catalogue de bassesses d'un goût non pas douteux mais carrément mauvais, que j'ai commis impunément dans le but avoué de donner un petit peu de joie au cœur des salauds qui trouvent encore le temps de me lire.

Entre autres sujets de raillerie où je me suis plu à vautrer mon ignominie congénitale au fil de ces pages, le cancer, les cancéreux, les cancérologues et les gaietés de l'escadron métastatiques venaient bien sûr en bonne position. Sans doute parce que la mort est quelquefois au bout, et que la mort est la chose la plus extraordinairement amusante du monde puisqu'elle atteint dans l'absurde des sommets inaccessibles à tous les autres avatars de la condition humaine.

Or donc, et trêve de justifications stériles, voilà-t-il pas qu'un adolescent irresponsable offre ce livre à sa maman qui a un cancer. La maman qui a un cancer lit le livre et m'écrit à moi, Pierre Desproges des « Chroniques de la haine ordinaire » de France-Inter de Paris XVIe.

C'est une lettre pleine de vie et pleine de mort, une lettre triste à pleurer de rire, une lettre drôle à rire aux larmes. J'ai eu aussitôt envie de vous la lire dans cette chronique, avec un minimum de commentaires parce qu'elle n'en a pas besoin. J'espère seulement que les pontes, pontifes et pontifiants professionnels de la chasse aux métastases actuellement mobilisés dans un safari européen contre la bête, laissent traîner ce soir leurs savantes oreilles sur France-Inter. J'espère aussi que nous écoute l'infime journaleux d'une radio fécale dont je vous ai parlé ici l'autre soir, qui m'avait reproché – je recite – de « critiquer le cancer ».

Je précise également qu'en pleine crise d'humilité, je me suis senti obligé de retirer de cette lettre ceux des passages laudatifs à mon endroit qui n'en gênaient pas la compréhension.

Et enfin que bien évidemment je ne me suis autorisé à vous faire part de cette lettre qu'après en avoir demandé l'autorisation à son auteur. Je l'ai appelée. Après m'avoir donné son accord, elle m'a prié de ne pas divulguer son identité à l'antenne. Et puis elle a changé d'avis : « J'ai un cancer. Je m'appelle Françoise, j'habite Saint-Cloud. »

Nous nous sommes parlé assez longuement au téléphone : c'est une jeune femme, je veux dire sa voix est jeune, c'est une voix généreuse, très gaie, la voix éclatante en aigu des gens qui sont contents d'être vivants et qui n'ont pas envie que ça s'arrête.

Monsieur Desproges,

Mon fils, 19 ans, m'a fait lire votre livre. Je l'ai dévoré et je vais le relire plus posément. C'est... *(ici je censure les couronnes de lauriers).*

Cependant vous n'êtes pas allé assez loin sur le cancer. J'ai eu, enfin j'ai... (puisque de toute façon il n'y a que rémission. Ah ! quel mot), j'ai un cancer.

Après avoir été sérieuse... après avoir été prise au sérieux, après avoir été sérieusement soignée, j'ai envie d'en rire... et il y a des tonnes d'humour à revendre à propos du cancer... le cancer, qui était un mot à la mode il y a encore un an ou deux (mais les modes ça va, ça vient). Le professeur Mathé, Rika Zaraï... le ridicule qui émane de ces extrêmes, aussi nuls et impuissants les uns que les autres, vous donne le feu vert. Le feu vert pour tout dire ou faire dire, rire ou faire rire, fulminer, jaser, faire peur, que sais-je ? Allez-y, foncez avec Guy Bedos. Allez plus loin que... *(alors là il y a un nom, mais je ne suis pas là pour dire du mal des marchands de soupe populaire)* – allez-y avec plus d'élégance et plus d'humour noir.

Monsieur Desproges, une « élite de cancéreux » compte sur vous. Pour les détails précis – concernant la maladie, son traitement, l'hypocrisie des cancérologues, la lâcheté des amis, la fausse pitié et la mauvaise conscience de la famille, la solitude du cancéreux… j'en connais un paquet – gros… comme le cœur que j'ai gros… depuis tout ça.

Monsieur Desproges, je vous dis encore merci et vous crie mon espoir de vous voir faire quelque chose pour démystifier cette foutue maladie… qui finit par ne plus en être une… Ce n'est plus une maladie, c'est un état… comme ça… tout con. Il faut faire avec… Faisons-le en riant.

Amitiés.

Merci, Madame, pour cette lettre. S'il vous plaît, portez-vous bien. Voici le printemps qui revient. Vous en êtes, et c'est très bien. Continuez…

Les gens n'ont pas d'humour

2 avril 1986

Les gens n'ont pas d'humour. C'est désolant.

Tenez, je l'ai encore vérifié, lundi soir, en rentrant du week-end pascal avec Sabrina.

On revenait de Valence. Un peu bourrés, je dois dire. On s'était arrêtés près de Lyon, chez la mère Triploux, pour goûter ses pieds de mouton au Martini. Arrosés de Boulaouane 75, c'est une merveille. À l'aller, vendredi soir, on avait été pris sous la pluie battante dans un bouchon de 100 kilomètres à partir du tunnel de Fourvière ! Les gens se battaient à coups de cric, les enfants hurlaient, il y avait du vent, de la boue, des corbeaux écrasés, les résultats du Top 50 et C. Jérôme à la radio. On a mis neuf heures pour faire Paris-Lyon. Enfin bref, c'était super.

Au retour, même topo, même temps, autant de monde, autant de bouchons, le double de corbeaux éclatés.

Près de Chalon, y a un mec en Volvo qui a embouti le coffre d'une 205. Y avait un cocker dans le coffre. Je te raconte pas : la bouillie ! J'ai dit à Sabrina : « On s'arrête. Je prends des photos. » J'ai pris la petite fille de la 205, qui pleurait en portant les morceaux du chien : en couleurs, c'est génial ! Mais les connards de parents voulaient me casser la gueule, alors on est repartis : les gens n'ont pas d'humour.

À la station-service près de Mâcon, j'ai acheté à Sabrina un cadre doré avec des arabesques style Louis XV très chouette et la photo de Rock Hudson avec le sida dedans : elle avait couché avec moi les trois nuits, alors que je sais qu'elle aime pas ça, alors j'ai voulu marquer le coup. Si on peut dire. Dans les chiottes de la station, y avait un vieil infirme complètement nase qui arrivait pas à s'éjecter de sa chaise roulante pour aller pisser. Finalement, y s'est cassé la gueule devant le cabinet réservé aux handicapés. Je l'ai shooté au flash : « On ne bouge plus », j'y ai fait. Ah la vache, qu'est-ce qu'on s'est bidonnés, nous deux, Sabrina et moi. Et la femme du pépé, à genoux dans la pisse, qu'arrivait pas à relever son vieux : « S'il vous plaît, s'il vous plaît. » Elle couinait que t'aurais dit Roger Carrel dans *Titi et Grosminet*. « Ça me fait penser que si on se grouille pas, on va rater le film sur la Une », que je dis à Sabrina. Juste le temps de piquer un litre de Corbières pour le reste de la route et on est repartis.

Mais là où on s'est vraiment marrés, c'est au péage – y avait un peuple – et un vent ! Y a un mec, y tend son billet de cent balles au planton, hop, le vent du Nord l'emporte, je te raconte pas la nuit froide de l'oubli.

Coup de bol : j'ouvre ma vitre, je tends le bras, je chope le billet !! Ni vu ni connu. T'aurais vu la gueule du mec !

Mais là où on s'est encore plus vraiment marrés, c'est après. Quand ça a été mon tour au péage. Je dis à Sabrina : « Ferme ta gueule, laisse-moi faire. On va vraiment se marrer. »

Je m'arrête à la hauteur de la cabine du planton. Je lui file mon ticket. Il affiche en rouge : « 92 francs. »

« Ça fait combien ? » je lui demande.

Du coup, l'autre se réveille, ce qui lui était plus arrivé depuis le matin.

« Mais monsieur, vous voyez bien que la somme est inscrite sur le voyant : vous devez 92 francs.

– Ah la vache, c'est pas donné », j'y fais, en filant un coup de coude complice dans les nichons de ma pote.

Derrière nous, les autres commencent à s'énerver.

« Écoutez, mon vieux, vous êtes pas tout seuls, arrêtez vos conneries, dit le mec en tendant la main. C'est 92 francs.

– Ah non. C'est trop. À 90, je prends. Et encore, vous faites une affaire.

– Monsieur. Vous me donnez 92 francs ou j'appelle la police.

– Allez ! 91 francs, c'est mon dernier prix », j'y fais.

Sabrina était écroulée !

Derrière, y commençaient à klaxonner comme des dingues. Surtout l'ambulance qui arrivait pas à changer de file !

Finalement, je lui ai filé ses 92 francs à ce con.

J'en ai profité pour lui balancer le contenu du cendrier à la gueule. Non mais, c'est vrai : les gens n'ont pas d'humour.

Heureusement, sous le pont de Saint-Cloud, j'ai réussi à rattraper l'ambulance, je lui ai fait une queue de poisson, elle s'est encastrée dans un réverbère. Ça m'a remonté le moral.

Petites notes

3 avril 1986

Si j'en crois mon horoscope, je devrais mourir dans la soirée. C'est con, j'avais pas fini de bêcher mes camélias. Mais bon, c'est la vie: si vous connaissez une autre issue, faites-moi signe. Ce qui me coûte le plus à l'idée de quitter ce monde, outre bien sûr l'idée intolérable que mes enfants vont rentrer du crématorium en courant pour boire mes saint-émilion, si cela se trouve dans des gobelets fluo et avec des fils d'ouvriers aux cheveux verts, ce qui me coûte le plus, disé-je avant de digresser dans ma cave, c'est de ne pas pouvoir utiliser toutes les notes que je relevais pour vous depuis des semaines, avec l'idée d'en alimenter mes chroniques. Tenez, j'en ai plein les poches. Autant les sortir, ça n'aiderait pas à l'incinération. Je vous les livre en vrac:

Varsovie:
Les loups envahissent les forêts polonaises. Le

froid aidant, certains de ces fauves s'enhardissent jusqu'à sortir des bois pour aller piller des villages et des villes. Des dizaines de semelles de caoutchouc ont déjà disparu des étals des boucheries de Gdansk, où un enfant a été mordu en voulant caresser un loup qu'il avait pris pour un chien. Il est pourtant facile, en Pologne, de reconnaître un loup d'un bon toutou : le loup porte des lunettes noires, le bon toutou plie l'échine en allant aux vêpres.

Salon du livre :

À Anny Duperey qui dédicaçait son excellent livre *Le Nez de Mazarin* au stand des charmantes Éditions du Seuil, lors du délicieux Salon du livre, une adorable petite dame a dit – je cite : « Alala, madame Duperey, que je suis contente de vous voir. L'année dernière, j'avais raté Simone Signoret, j'aurais pas voulu qu'il m'arrive la même chose avec vous. »

Hollywood :

Le grand acteur américain James Cagney est mort. Mais Patrick Sabatier va très bien. C'est toujours les meilleurs qui partent les premiers.

Et puis voici quelques statistiques et sondages sans lesquels 18,3 % de la vie ne vaudrait pas la peine d'être vécue :

– 100 % des électeurs communistes et 100 % des électeurs du Front national sont contre le cancer.

– 17 % des enquêteurs de l'IFOP sont collés avec 12 % des enquêtrices de la SOFRES. Ils ont en moyenne 1,8 enfant (un normal et un autre un peu plus petit).

– Et enfin : 99 % des Français disent oui à… euh, 99 % des Français disent oui.

Allez, adieu !

La Saint-Coco

8 avril 1986

Il fallait que cela fût dit car on le sait peu : saint Jean l'évangéliste, vers la fin de sa vie, pesait 92 kilos. C'est énorme, mais j'ai toujours aimé les gros saints.

Encore que je n'aie nul mépris pour les saints maigres. Sainte Blandine, qui était pleine d'arêtes, au point qu'elle s'avéra immangeable dans un Restaurant du cœur pour lions émigrés, était plutôt bonne fille.

En réalité j'aime tous les saints. Même les saints laïcs. J'en connais un qui prend sur ses heures de sommeil pour aller vendre sa bible hebdomadaire par tous les temps dans une rue bigarrée où je fais mon marché dominical.

C'est un homme digne et usé avec une casquette plate et un mesnil montant. La droiture aristocratique du militant d'élite est dans ses yeux jaloux de noblesse ouvrière. C'est un croisé. Un de Renault de Billancourt.

Il a les mains craquelées des fatigueurs de fond, et les ongles oubliés des tortueux outils.

Souvent nous bavardons. Dimanche dernier, il m'a fait compliment sur le choix de mes poireaux, j'ai loué la qualité de son écharpe en laine.

« C'est joli, non, le printemps à Paris, bucoliqua-t-il.

– Surtout cette année, hasardai-je.

– Qu'est-ce qu'il y a de spécial, cette année ?

– Eh bien, ma foi, peut-être ne vous a-t-on pas mis au courant, mais, depuis le 16 mars, il n'y a plus un seul député communiste à Paris.

– Et alors ? rugit-il.

– Et alors les femmes et les enfants n'ont plus peur de sortir tout seuls le soir… »

C'est à ce moment précis que, sous la poussée d'un flot de sang rouge, il me traita d'anticommuniste primaire.

« Je ne vois pas pourquoi, m'insurgé-je, je serais anticommuniste primaire alors qu'il suffit de lire une seule fois Karl Marx pour devenir aussitôt anticommuniste secondaire.

– Vous avez lu *Le Capital*, au moins ? C'est passionnant, ajouta-t-il sur un ton aussi sincère qu'un sourire de speakerine.

– C'est chiant, oui, voilà la vérité. *Le Capital* c'est… c'est comme l'annuaire, tenez : on tourne trois pages et on décroche.

– Vous préférez peut-être lire *Minute* ?

– Oui. Non. Enfin si. Mais c'est par souci d'économie. Plutôt que de m'acheter tout Sartre, avec *Minute* j'ai la nausée et les mains sales pour 10 francs. »

J'attendis en vain qu'il m'accusât d'antifascisme primaire…

Je le mérite, mais c'est viscéral et depuis des lustres. Je crois bien avoir été antifasciste primaire dès ma sortie du berceau, le jour même où l'on tenta de m'imposer le port du béret plat et les hymnes youkaïda chez les louveteaux.

Quant à l'inertie cataleptique dont je fis preuve sous les drapeaux, j'aurais souhaité qu'elle me valût au moins de ta part, camarade, le titre honorifique d'antimilitariste primaire.

Je dis cela à cet honnête homme de base, insistant sur la permanence obstinée de ma primarité dans les domaines les plus variés de l'existence, hormis celui des études où, s'il est vrai que j'atteignis le secondaire, ce ne fut qu'à mon corps défendant.

Alors le camarade me dit que j'étais anar de droite. Je répliquai que lui était bourgeois de gauche.

À bout d'arguments édulcorés du Nord au Sud, il rabaissa alors le niveau du débat en suggérant que « c'est celui qui le dit qui y est ».

Je tentai de le rehausser d'un cran en citant le regretté Raymond Aron : « Qu'on soit de gauche ou de droite, on est hémiplégique. » Il me ressuscita ses morts de Stalingrad. J'exhibai coup sur coup ma suite polonaise et mon bouclier afghan. Il voulut se payer Franco, je lui montrai mes Tchèques.

Mais il faut bien qu'on cohabite sous le bras de la Cinquième. Nous sommes allés nous réconcilier au bistrot des « Deux Amis ». Nous avons fini par trouver une double plate-forme d'accord pour un gouvernement gauche-droite : Non au cancer. Oui à l'os à moelle dans le pot au feu.

Dans le feu de la discussion, il a renversé son petit rouge dans mon petit noir. On a bien ri.

Libido

11 avril 1986

Ça y est. Ça recommence. Y a ma libido qui me chatouille. J'arrive plus à bosser. Coucher, baiser, sauter, y a plus que ça qui compte, je n'arrête pas. Samedi, j'étais tellement obsédé que j'ai sauté deux repas, j'ai baisé le fisc, et j'ai même couché… avec allégresse, quelques alexandrins sublimes sur le déclin de la rose.

J'ai essayé en vain plusieurs méthodes pour venir à bout de ma sexopathie. Je vous dis tout de suite que le port du serre-tête pour presbyte, c'est nul. Vous pouvez aussi tenter de pratiquer l'autosuggestion. Procédez comme suit : Quand vous voyez onduler devant vous dans la rue une femme avenante et rebondie (je m'adresse aux hommes et aux lesbiennes), contemplez intensément et froidement sa croupe ondulante et tendue sous la soie frémissante du pantalon flou qui la moule… et dites-vous : « Tiens, mais ce ne sont là que deux muscles fessiers utiles à l'assise et propices à la marche. Deux simples muscles qui naissent du quart postérieur de la crête iliaque, de l'aponévrose lombaire, des tubercules postéro-externes du sacrum, et de la face postérieure du ligament sacro-sciatique. Le muscle fessier est le muscle le plus volumineux du corps humain, il tient à peine dans la main… Aaaah ! »

On peut aussi essayer de se dégoûter de l'amour en vivant avec une femme frigide, mais on n'a pas toujours le temps de draguer dans les milieux staliniens ou à la sortie des bénitiers. L'année dernière, j'en avais trouvé une qui me paraissait convenir. Style Laura Ashley avec les cheveux aux genoux et les espadrilles Jésus-Christ. Quand je l'ai rencontrée, elle buvait de l'eau en broutant du gruyère Entremont chez Régis Debray, bref la rétractrice de nouilles idéale. Nous nous sommes mis en ménage.

Elle était vraiment glaciale. Cryogénique, même. Je n'arrivais jamais à savoir si elle était morte ou anglaise.

En réalité elle était anglaise.

Malgré cet écueil, nous avions l'un pour l'autre une réelle affection. Nous ne nous touchions pas, mais d'autres points communs nous rapprochaient. C'était une fille très spirituelle. Il y a beaucoup de choses qu'on ne pouvait pas lui enlever : sa gaieté, son humour, sa culotte.

Mais finalement je crois que je vais me mettre avec une retoucheuse. À moins que je ne me retouche moi-même.

Je me débrouillerai bien sans femme.

Ne pas monter bien haut peut-être, mais tout seul. Peu m'importe de passer pour un petit branleur. L'important, dans la vie, c'est d'arriver à la force du poignet.

Perverse Mamie

14 avril 1986

Chers auditeurs, comme vous avez été fort nombreux à le constater, ces chroniques, sous couvert de rigolade, abordent parfois des sujets graves. Votre compréhension à cet égard me bouleverse. Je fais bien sûr allusion au volumineux courrier qui m'est parvenu à la suite de l'émission que j'avais consacrée le 14 mars dernier au problème angoissant de l'espèce de fil rouge autour des portions de crème de gruyère. Parmi les malheureuses victimes de ce fil diabolique qu'on n'arrive jamais à arracher sans bousiller le fromage, un auditeur de Châteauroux dans l'Indre, qui a préféré garder l'anonymat pour des raisons de sécurité évidentes, n'hésite pas à accuser directement la marque « La Vache qui rit » dont il souligne – je cite – « que ce n'est pas par hasard si elle arbore un rire sadique sur la boîte ». Plus loin, ce correspondant propose « le rétablissement de la peine d'ouverture des petits-suisses à vie, sans remise de peine, assez de laxisme gauchisant », conclut-il.

Madame Le Hanneur du Guillemin de Paris (XVe), qui se déclare – je cite – « désireuse de ramener le débat à de plus justes proportions », remarque que certains fabricants de crème de gruyère proposent désormais sur le marché des portions dont le fil rouge est deux fois plus large que celui utilisé traditionnellement, ce qui permet (mais c'est une opinion qui n'engage qu'elle-même) « de sectionner plus régulièrement le papier d'argent et de réduire les risques de son déchirement à condition de tirer un petit coup sec, au début, avec le pouce et l'index de la main droite, en tenant la portion de crème de gruyère non décalottée dans la main gauche, le pouce en bas et l'index en haut, en exerçant, au centre de la portion, une pression ferme mais non appuyée afin de limiter les risques de perforation du papier d'argent au moment délicat de l'étirement du fil rouge précédant la libération de la crème.

Précisons que l'unanimité est loin d'être réalisée au sujet de ce fil rouge plus large. Pour madame Suzanne de Fourqueux de Noirmoutier, « c'est une escroquerie de plus de la part des industriels fromagers franco-helvétiques. En effet, dit-elle, le nouveau fil rouge, plus large, adhère mieux au papier d'argent, l'usager, en tirant, arrache involontairement la pointe fragile de la portion de crème de gruyère, qui reste ainsi emprisonnée dans le bout de son emballage. De cette façon, le consommateur gâche un morceau de crème de gruyère de 4 grammes en moyenne par portion, soit 48 grammes par boîte de 12 portions, c'est-à-dire une perte sèche de près de 5 kilos de crème de gruyère en moyenne annuelle pour une famille française normale avec 1,8 enfant selon les statistiques du CNRS ». Et cette dame pose clairement la question : « Que font les pouvoirs publics ? »

Eh bien, madame, je suis en mesure de vous répondre : ils font des cocottes en papier.

Je voudrais terminer cette chronique, exceptionnellement consacrée à notre courrier, par la lecture d'une lettre d'une auditrice cannoise qui me reproche un oubli de taille dans la liste des malfaisants qui s'acharnent à nous gâcher une existence déjà suffisamment assombrie par la perspective inéluctable de son délabrement final. J'avais cité le type au fil rouge des crèmes de gruyère, le salaud qui colle le papier autour des petits-suisses, le fumier qui fait les clés à sardines qui cassent les languettes au bout des boîtes de sardines, et l'ordure qui met de l'huile à ras bord de ces mêmes boîtes.

> Monsieur Pierre Desproges – m'écrit cette dame dans sa lettre datée du 14 mars 1986 – vous avez oublié le cochon qui emballe les petits morceaux de sucre des bistrots dans du papier si serré qu'on ne peut pas, surtout si l'on n'a plus des yeux de 20 ans et une grosse loupe, trouver l'endroit par où il faut tirer pour ouvrir et déchirer ce foutu papier.
>
> J'ai 75 ans et de mauvais yeux. À chaque fois que je m'offre un petit café dans un bar quelconque, je peste, je râle, je dis des « merde » et

> des « merde » et même pire… et finalement je fous le morceau dans mon café où la chaleur fond le sucre mais pas le papier. Si je ne fais pas attention, je risque de m'étrangler.
>
> Il y a quelques jours dans un salon de thé « chic » de la Croisette à Cannes, j'ai mis le morceau de sucre avec le papier dans mon café sans y penser, j'ai repêché le papier avec mes doigts (horreur). Des gens, à côté de moi, m'ont regardée avec des yeux frisant le dédain – quelle vieille dame mal élevée… Mais mon fils, assis en face de moi, m'a dit : « Ah ! Maman, je t'adore, ne change pas. »

« À mère infâme, fils indigne », affirme le dicton que je viens d'inventer. Vous ne l'avez pas volé, votre garçon, perverse mamie que vous êtes… D'ailleurs, le post-scriptum de votre lettre (ignoble) en dit long sur la débauche où vous vautrez votre troisième âge :

> PS : « À propos des guignolades des politiques, ça me sort par les yeux. D'ailleurs je ne vote pas. Je n'ai même pas de carte d'électrice. Je mourrai vierge ! »

Quant à ces féroces soldats, je le dis, c'est pas pour cafter, mais y font rien qu'à mugir dans nos campagnes.

Incommunicabilité

16 avril 1986

L'incommunicabilité entre les êtres est une source permanente de conflits. J'en veux pour preuve ce drame poignant dont les deux acteurs involontaires gardent à jamais au cœur l'ineffaçable cicatrice.

C'était un de ces beaux matins du printemps parisien qui vous font ressortir les chaussettes à manches courtes – c'est sûrement une faute de frappe – et vous pousse à chanter dans la rue les romances oubliées des années enfantines. Ce jeune comédien plein d'avenir se sentait au mieux de sa forme. Il avait rendez-vous ce jour-là à la Maison de Radio-France dans un studio de France-Culture pour y enregistrer une pièce de Tchekhov en compagnie de trois comédiennes plus belles que le deuxième allégro du *Quatrième Concerto pour piano et orchestre* de Beethoven, par Rudolf Serkin.

J'insiste, on ne m'ôtera pas de l'idée qu'Aldo

Ciccolini a les doigts trop courts. En plus, il est de gauche.

C'est dire si ce garçon se sentait heureux, léger, pimpant et d'une humeur légère peu propice au déferlement de haine incontrôlée qui allait l'embraser quelques instants plus tard.

Le second protagoniste du drame était chauffeur de taxi à la célèbre compagnie parisienne G. numéro 7. C'était un étranger de style évasif, turco-maghrébo-yougo-pas d'ici, frisouillé, café au lait, quasi quadragénaire et moustachu. Certains chauffeurs de taxi considèrent leur véhicule comme une poubelle à roulettes dont les clients sont les ordures obligées. Ce en quoi ils n'ont pas toujours tort: en tant que gros consommateur de taximètres, il m'est arrivé de m'asseoir après des passagers si peu soignés que leur odeur eût déshonoré une décharge publique.

Le chauffeur dont je vous parle, en revanche, avait foi en l'homme et en sa bonne tenue. L'intérieur, immaculé, de sa voiture embaumait incongrûment la forêt landaise et le rince-évier au citron vert. Les sièges à chevrons mauves et verts étaient recouverts de housses transparentes. Sur la lunette arrière, un chien-loup en plastique hilare noir et jaune serin opinait du chef à la moindre houle. À l'avant, une paire de castagnettes décorées de panoramas sévillans polychromes pendait du rétroviseur comme deux prunes hyperréalistes frappées du mildiou. Sur le tableau de bord, dans six petits cadres dorés, on avait disposé avec amour les photographies colorées à la main des ascendants enturbannés et des descendants en jeans du chauffeur, qui pour l'heure maraudait paisiblement sur le boulevard Haussmann à l'heure où débute cette histoire que je finirai bien par commencer de vous raconter avant le coup de gong fatal de 19 heures, comme si l'on pouvait finir par commencer quoi que ce soit en ce bas monde où tout commence par se finir.

Le jeune comédien, justement, arpentait le boulevard Haussmann à la recherche d'un taxi. Si vous ne l'aviez pas deviné, c'est que vous êtes très con. Ou mal garé sur cette antenne dans l'attente vaine d'une retransmission d'un concert du groupe Indochine qui n'a pas volé sa place de n° 1 au Top 50 des trichromosomiques, je le dis comme ça me vient, après être tombé dessus, moi aussi, à la suite d'une erreur d'aiguillage radiophonique. Il faut remonter au Tino Rossi des années Pétain pour trouver plus nul que ces Sino-Indiens-là. De l'Indochine à la Mongolie, y a pas loin.

Donc ce jeune comédien hèle le taxi « Mon Rêve » susdécrit, s'y engouffre et dit, sur le ton bucolique qui convenait à son humeur printanière :

« Bonjour monsieur !

– Bonjour monsieur, répond le chauffeur, aussi jovial, mais plus sarrasin.

– Voulez-vous me conduire à la Maison de la radio, s'il vous plaît ? dit le jeune homme. (Seuls 17 Français sur 1 000 savent que l'endroit s'appelle en réalité « Maison de Radio-France ». Ils travaillent tous les 17 à la Maison de la radio. De Radio-France, pardon.)

– Kéké ti dis ? demande le chauffeur.

– Je dis : Voulez-vous me conduire à la Maison de la radio ?

– Kéké ti dis ?

– La Maison de la radio, s'il vous plaît.

– Kéké ti dis ?

– *(Articulant :)* Je voudrais aller à la Maison de la radio.

– Kéké ti dis ? »

De seconde en seconde, l'atmosphère guillerette du début s'assombrissait des pires angoisses orageuses.

« Kéké ti dis ? »

(Retenu :) « Tu te calmes, il fait beau, tout va bien. Tu te calmes, il fait beau, tout va bien. Tu te calmes, il fait beau, tout va bien », se répéta le jeune homme.

(Chantant :) Eh bien voilà. Je voudrais me rendre à la Maison de la radio. Vous avez entendu parler de la Maison de la radio ?

– Kéké ti dis ?

– *(Crescendo :)* La Maison de la radio… Ce grand bâtiment en rond, au bord de la Seine, avec du joli gazon devant… Il y a des studios de radio, France-Inter, France-Musique, tout ça… La Maison de la radio, quoi.

– Kéké ti dis ?

– Bon. Allez. On se calme. L'adresse c'est dans le XVIe. C'est 116 quai Kennedy. Quai Ken-ne-dy.

– Voui, voui, kiki-ti-di c'est qui j'dis. »

Darius et Pompon

17 avril 1986

Darius Milhaud est mort il y a douze ans, et j'ai l'impression que tout le monde s'en fout.

J'en parlais l'autre jour à Jean-Jacques Sempé, qui est pourtant un homme raffiné et intelligent, et j'ai senti la lueur fugace d'une indifférence polie glisser sur son œil aigu d'humaniste aux aguets, quand je lui ai rappelé ce douloureux anniversaire.

C'était le mois dernier. Nous étions une poignée de pomponnés parisiens réunis autour d'une grande table ronde chez Lasserre après la remise du prix Gutenberg au Salon du livre. C'était un déjeuner plutôt gai, mais, vous savez ce que c'est, même dans les déjeuners plutôt gais, il arrive toujours un moment où un ange passe, Dieu sait pourquoi puisque c'est lui qui le fait passer. La conscience que chacun avait du malaise des autres, venant de la conscience que les autres avaient du malaise de chacun, m'apparut de plus en plus intolérable au fur et à mesure que semblait s'amplifier le cliquetis suraigu de nos fourchettes sur la porcelaine de nos assiettes où les oustrignolles de maresclade aux cerneaux de croustalières baignaient dans un coulis flibustier de romarinade aspergine à la Charles X, je te raconte pas les effluves.

Désireux de relancer la conversation sur un thème à la fois brillant et susceptible de s'épanouir en un agréable débat, je lançai alors à la cantonade, sur le ton ému qui me semblait convenable et en ponctuant ma remarque d'un soupir légèrement résigné face à la cruauté du destin final qui nous attend tous :

« Je n'arrive pas à croire qu'il y a déjà douze ans que Darius Milhaud est mort.

– C'est pas possible ! » s'exclama Sempé.

Mais sur un ton ! Sur un ton !

Il s'en foutait complètement, le bougre.

Il y avait dans ce « C'est pas possible » hypocrite un tel mépris pour l'œuvre de Darius Milhaud que je révisai sur-le-champ l'opinion à tout le moins surévaluée que je m'étais faite de ce gribouilleur solitaire en le plaçant sur le même podium que Reiser ou Chaval. « Quand le piano tombe, le déménageur s'épouvante », disait ce dernier. Ainsi m'épouvantai-je en regardant l'idole Sempé s'enfoncer dans la boue des illusions déçues de mon adolescence, car il est quand même beaucoup plus vieux que la plupart des gens de mon âge.

La dernière fois que j'avais ressenti un dédain semblable, c'était en février dernier, à Paris. Une petite mallette à la main, je remontais la rue La Fayette en direction de la gare du Nord, quand je tombai soudain nez à nez avec une de mes meilleures maîtresses de sous-pente que j'avais un peu perdue de vue car nous ne sommes pas du même milieu. Elle regarde la 5 et s'habille à Conforama – « mais enfin ça empêche pas les sentiments quand c'est qu'on est tout nu », comme elle dit elle-même dans un dialecte bellevillois.

« Ah, salut, qu'est-ce que tu fais là ? s'écria-t-elle.

– Je vais à Bruxelles, j'ai un train à 11 h 17. »

C'est là qu'elle a dit :

« C'est pas possible ! »

Mais moi je savais bien que c'était possible. C'était marqué sur mon billet : 11 h 17 ! Salope ! Sournoise ! Méchante ! Durassienne ! Pourquoi ? Pourquoi cette fausseté dans les rapports humains ? Pourquoi le mépris ? Pourquoi le dédain ? Où est Dieu ? Que fait la police ? Quand est-ce qu'on mange ?

Ainsi s'envolent parfois nos illusions. Darius Milhaud est mort il y a douze ans et tout le monde s'en fout. Pourtant, Darius Milhaud était un homme exceptionnel. C'est dommage qu'il ait composé de la musique, mais pour le reste, c'était vraiment un homme exceptionnel. Comme Pompidou.

Georges Pompidou aussi est mort il y a douze ans, le 2 avril 1974 précisément. Il est mort d'une grippe généralisée, d'après les communiqués du grand patron complètement taré ou totalement faux cul qui le soignait à l'époque, c'est bien de cela qu'il est mort. Georges Pompidou fut un grand président. Pourtant il aimait Vasarely, il voulait détruire la gare d'Orsay et bétonner la Seine. Mais c'est un homme qui n'aurait pas permis que l'on servît un meursault trop glacé sur un loup au fenouil.

Et puis il était lucide. Il a confié un jour à Lucien Neuwirth, qui l'a répété à l'oreille qui me l'a dit en coin, que les deux signes avant-coureurs de la sénilité chez l'homme se manifestent successivement :

1) Quand il oublie de fermer sa braguette.

2) Quand il oublie de l'ouvrir.

Mitterrand aussi fut spirituel. Mais il n'a plus l'âge.

De la revue

21 avril 1986

À la une de « Œcuménique, c'est le printemps », l'organe officiel du Vatican, le père Pier Luigi Mussolino se perd en conjectures sur les propos échangés lors de la visite du pape à la synagogue de Rome, le dimanche 13 avril.

Selon le pieux chroniqueur, la phrase prononcée par Jean-Paul II au moment où, à la fin de la cérémonie, il s'est penché vers le grand rabbin Macaronivitch, aurait été : « Votre chapeau est plus joli que le mien. Où l'avez-vous acheté ? »

Le grand rabbin Macaronivitch aurait alors répliqué : « Samar Alla », ce qui est la version hébraïque de l'expression « Allah Samar » qui signifie « On trouve tout ».

La presse française, unanimement, a déploré les lourdes pertes pour l'esprit et le talent de ce pays qu'ont été les disparitions presque simultanées de

Simone de Beauvoir et Jean Genet, six ans après Sartre. On regrettera longtemps ces écrivains mineurs qui ont couché leurs plus belles pages à la terrasse du Flore pendant que les cons faisaient de la Résistance. Et qui n'hésitèrent pas, à leur tour, à prendre le maquis dès 1946.

Le coq et la poule

23 avril 1986

J'aimerais abuser de l'entière liberté qui m'est offerte dans ces chroniques pour faire une mise au point qui me tient à cœur depuis mon huitième anniversaire. C'est en effet cette année-là que, pour la première fois de ma vie, j'ai entendu, de la bouche pincée d'un instituteur laïc et grisâtre, la fable intitulée *Le Corbeau et le Renard*, de monsieur Jean de La Fontaine.

Les plus sourds de nos auditeurs auront entendu parler de cet aimable gigolo poudré qui traversa le XVIIe siècle en squattérisant les mondains versaillais qu'il éblouissait d'une plume alerte dont il nourrissait la verve en piratant sans vergogne les fables d'Ésope. On ne compte plus les consternantes balivernes, plus ou moins alexandrines, dont La Fontaine a abruti son siècle et les suivants, jusqu'à la semaine dernière où j'ai surpris la moins exubérante de mes filles bramant *Le Coche et la Mouche* en montant la rue Lepic. Mais il va de soi que c'est *Le Corbeau et le Renard* qui restera à tout jamais la fable la plus rédhibitoirement injurieuse du répertoire français. À l'égard des fromages, surtout.

Je m'explique, parce que je vous sens décrocher.

Si l'on veut bien excepter le navrant lieu commun sous-préfectoral qui lui sert de moralité, que reste-t-il de cette œuvrette animalière ? À peu près rien, si ce n'est une vile tentative de dénigrer les laitages français en les ravalant au rang de triviales canigouteries pour prédateurs des bois.

Associer sciemment l'idée trois cent cinquante fois grandiose de nos fromages à l'imagerie dégradante des deux bestiaux les plus nuisibles de nos clairières, n'est-ce point la preuve flagrante des intentions subversives antinationales de La Fontaine ? Car enfin, Dieu m'accouche, si possible sous péridurale, qu'est-ce qu'un renard ? Qu'est-ce qu'un corbeau ? L'un, hideux, pointu, bas sur pattes, grouillant de vermines et plus sournois qu'une fouine jésuitique sur un trône élyséen, partage son temps entre le génocide de nos volailles et la propagation de la rage. L'autre, d'un noir de diable insupportable aux âmes pures et qu'on voit par les champs dandiner sa silhouette arthritique de prélat en sabbat satanique, saccage nos récoltes, effarouche nos perdrix et nos épouvantails de son ricanement métallique de poule rouillée, et pousse le cynisme jusqu'à s'avérer immangeable après trois heures de court-bouillon. À qui ferez-vous croire, Monsieur de La Fontaine, qu'un renard, charognard, bâfreur et plumivore, puisse tenter de séduire un corbeau pour s'emparer d'un camembert dont la moelleuse onctuosité normande ne saurait flatter le palais vulgaire de ce chien sans maître ? À qui ferez-vous croire qu'un oiseau de malheur, haï des hommes, aille risquer sa vie dans les garde-manger pour y piller des coulants au reste trop mous pour tenir en son bec ? Et d'où tenez-vous, emperruqué ignare, que les corbeaux pique-niquent dans les arbres de nos campagnes malgré la présence de ces soldats dont nous ne cessons ici même chaque jour de fustiger la férocité et les mugissements ?

Je dis, à la lumière de cette démonstration dont la lumineuse clarté en époustouflera plus d'un, que Jean de La Fontaine, sous couvert de fabuler, était en réalité un ennemi de la France à la solde de la Hollande en guerre contre Loulou XIV et déjà exportatrice de fromages médiocres et anti-français. Honnissons la mémoire de ce cuistre. Louons plutôt celle de son auguste modèle grec, Cricri Ésope, dont je me permettrai ici de vous réciter une courte et jolie fable :

LE COQ ET LA POULE
(en grec : *Lou Coquis et la Poulos*)

La poule un beau matin s'en fut trouver le coq
Et lui dit : « Mon ami j'ai grande envie de vous.
Ma libido s'agace et ce n'est point le phoque
Avec ses airs de fol et son regard trop doux
Qui pourrait apaiser mes ardeurs printanières. »

Le coq un peu surpris du ton du préambule
Se dit : « Mais quelle époque ! En voici des manières !

À quelle extrémité faut-il que l'on m'accule !
Moi qui connais si peu cette poule en chaleur,
Voici qu'elle m'invite à la crapahuter ! »

Ayant dit il s'exécuta mais sans ferveur,
Grimpa sur la furie pour la coconiquer,
Mais sans ardeur aucune et sans plus d'enthousiasme
Qu'on en met à pisser quand on n'a pas envie.
Il eut beau réviser un à un ses phantasmes
En s'agitant au mieux sur le tas, rien n'y fit.

« Eh quoi ? » se dit bientôt la cocotte qu'on frustre
Et qui voit son orgasme à nouveau reporté
Au hasard incertain d'un autre coq en rut,
« Pour un Gallinacé je suis câline assez
Mon cul c'est du poulet, j'ai le croupion frivole
Et voici que je sue sous ce cuistre à la queue bariolée
Qui me besogne en vain tandis que je m'étiole ! »

Lors, se tournant un peu, elle pria Chante-Clerc
De lui lâcher les plumes et d'arrêter sa houle.
Le coq se consola : « Je ne crains plus l'hiver,
Je me suis ramassé une veste en pied-de-poule. »

Les non-handicapés

24 avril 1986

Mes chers amis,

C'est avant tout en tant que président de l'Association des non-handicapés de France que je m'adresse à vous ce soir.

C'est vers vous, les non-vieux, les non-jeunes, les non- chômeurs, les non-femmes, les non-affamés, les non-émigrés, les non-homosexuels, les non-infirmes, les non-mongoliens, c'est vers vous que vont ce soir toutes mes pensées.

Nous formons dans ce pays, mes chers amis, une minorité, certes, mais cette minorité, comme les autres minorités, a le droit de se faire entendre. Et pour cela, nous devons nous unir, et montrer au monde que nous existons. Avec nos différences, certes – mais ces différences, les autres doivent, au nom de la solidarité nationale, les reconnaître et les accepter.

Nous sommes des hommes comme les autres.

Nous ne gênons personne en allant travailler tous les matins la tête haute, sans canne blanche ni béquilles. Si la nature nous pousse à avoir des rapports intimes avec des personnes du sexe opposé au nôtre, en quoi cette singularité dérangerait-elle le bourgeois ?

Nous devons dénoncer le racisme dont nous sommes de plus en plus souvent les victimes. J'en parle en connaissance de cause. Pas plus tard qu'hier, mon fils, qui vient d'avoir 7 ans, est rentré de l'école en larmes.

« Papa, qu'est-ce que c'est qu'un Blanc ? »

Je dois dire que je ne m'attendais pas à cette question si tôt. Je savais bien qu'un jour ou l'autre nous devrions en passer par là. Mais pas si tôt. J'étais désemparé.

« Pourquoi me demandes-tu cela, mon garçon ? ai-je demandé en le prenant sur mes genoux pour le consoler.

– À l'école, les autres se sont moqués de moi. Ils m'ont montré du doigt en criant : "Ah le Blanc – eee Ah le Blanc – eee." C'est quoi, Papa, un Blanc ?

– Un Blanc, c'est… c'est un homme comme un autre.

– Alors pourquoi les autres ils se moquent ?

– Ils ont tort. Vois-tu, nous avons nos coutumes, notre religion, qui ne sont pas tout à fait les mêmes que les leurs. Nous portons des pantalons, nous mangeons avec des fourchettes. Nous buvons du vin, et c'est vrai qu'il y a dans le vin comme un goût primitif qu'on ne retrouve pas dans l'eau, cela peut surprendre, mais tu ne dois en aucun cas, mon enfant, en avoir honte. Nous sommes blancs, descendants des Gaulois et des Francs ? Et alors ? Les raisons de nous en féliciter ne manquent pas. Le franc est stable et jamais les Gaulois n'ont donné la gale aux Romaines. Nos charolais sont laids, mais nos Bordelaises sont girondes. L'Alsace nous a donné ses ballons, Sophia nous a donné la Lorraine. Nos ancêtres du Berry nous ont donné le béret, et nos ancêtres basques les baskets.

L'art blanc existe autant que l'art fumé. *La Joconde*, Versailles, *Le Cid*, le Jeu des 1 000 francs, c'est nous, la bombe H et le mistral gagnant, c'est nous. Austerlitz, c'est nous, Auschwitz, c'est… c'est loin, nous sommes blancs et nous devons assumer notre blanchitude.

– Mais pourquoi on est blanc, Papa ?

– C'est naturel. C'est Dieu qui l'a voulu ainsi. D'ailleurs, l'été, nous ne sommes plus très blancs. Il nous suffit d'aller au soleil et de ne plus bouger. C'est chiant mais ça banalise.

– Oui mais eux, ils ont du pot, ils ont même pas besoin d'aller au soleil.

– C'est un autre problème. C'est parce qu'ils n'ont pas les moyens. Ils gaspillent tout leur argent en nourriture. Vois-tu, mon chéri, nous ne sommes pas tellement à plaindre. »

J'ai réussi à le consoler cet enfant. Mais combien de temps encore devrons-nous subir les humiliations des minorités handicapées de ce pays ?

L'affaire Jean Dupont a certes secoué les torpeurs et ému les esprits. Mais il aura fallu ce drame pour que le gouvernement vote enfin le décret de reconnaissance publique de l'Association des non-handicapés de France.

Les faits sont connus de tous, mais nous le répéterons une fois de plus, à l'intention du grand rabbin nègre, non-comprenant, de l'Association pour le racisme et contre l'antisémitisme, qui a tenu à être des nôtres ce soir pour montrer à tous qu'à ses yeux nous étions des Français à part entière.

Lors des derniers Jeux olympiques pour handicapés, la finale du 400 mètres-haie mettait aux prises une équipe de 30 chômeurs émigrés, cancéreux, non-voyants, à la colonne vertébrale brisée à tout jamais et un non-handicapé de 40 ans, monsieur Jean Dupont, auvergnat, hétéro et cadre. Ce dernier arriva le premier avec 39 heures 12 minutes et 6 secondes d'avance sur le second. Par la suite, Jean Dupont devait reconnaître qu'il avait été distrait et qu'il était fatigué le jour de la compétition. C'est cette distraction qui lui a fait oublier qu'en pareil cas le non-handicapé doit attendre les handicapés. De même qu'à l'école les surdoués doivent attendre que les tri-chromosomiques aient compris 1 et 1 = 2 avant de passer, le mois suivant, à 2 et 1 = 3.

Mais cela n'excuse en rien que, de retour aux vestiaires, les « chômeurs émigrés cancéreux non-voyants à la colonne vertébrale brisée à tout jamais » aient roué le malheureux à coups de canne blanche, avant de lui rouler sur le corps jusqu'à ce que mort s'ensuive, en chantant la chanson pour l'Éthiopie.

N'ayons pas peur des mots, mes amis : c'est une attitude qui est contraire à l'esprit de la Déclaration des droits de l'homme. Jean-Marie Le Pen ne me contredira pas sur ce point : c'est bien ce qui m'emmerde.

Encore de la revue

28 avril 1986

Monsieur Jack Lang fait dans la culture comme d'autres font dans leur culotte. Monsieur Jack Lang fait de l'incontinence ministérielle. Il ne peut pas se retenir. C'est plus fort que lui. Il vient de faire recouvrir les murs de Paris d'affiches chébrans où sa noble tête de pâtre arrivé reflète les subtils coloris de vomi de gâteau anglais sous lesquels les moins doués des affichistes dans le vent cachent leur manque de talent. Monsieur Lang a la pénible sensation de ne pas exister s'il ne fourre pas son long nez dans les gribouillances vermicelles des idées créatrices de ses contemporains. « Allons z'idées », clame-t-il sous son portrait en marge duquel il ne craint pas de donner son numéro de téléphone à tous les passants.

On imagine que le parfum de *Marseillaise* qui émane de ce « Allons z'idées » n'est pas innocent.

En réalité, monsieur Lang a pris le maquis. Je l'ai

entendu l'autre matin s'exprimer sur une radio émettant en modulation de fréquence malgré les risques de brouillage. Il avait retrouvé les accents gaulliens des années de Londres pour exprimer que, si la France avait perdu une bataille, elle n'avait pas perdu la guerre de la culture. À pied, à cheval, en voiture, que tous ceux qui bouillonnent de la plume, de l'archet ou du pinceau rejoignent vivement le combat de la communication et de la créativité souterraine.

À cheval, en hélico, en Rolls, que tous ceux qui ont de l'argent le mettent sur la sainte table de la pensée nouvelle afin que les artistes y puisent la force d'exulter hors des sentiers battus de la culture officielle. Allons Zizi, allons Dédé, allons z'idées !

Jack Lang est un ministre indispensable. Des ministres indispensables il y en a plein les cimetières. Mais Jack Lang est dans les catacombes, il bouge encore. Il va revenir. Reviens, Jack. Sans toi la France du cœur et de l'esprit s'étiole. Reviens. Jamais nous n'oublierons que c'est sous ton règne qu'ont éclos les indispensables talents de Rika Zaraï et du groupe Indochine.

Sans toi la culture n'a plus de ministère. Et nous le savons bien, nous autres artistes, que la culture sans ministère c'est aussi absurde qu'un Bantou sans igloo ou qu'un poisson sans bicyclette.

Pouf, pouf.

J'ai rêvé que Charles Hernu, à son tour, était atteint d'incontinence ministérielle. Il faisait exploser des bombes atomiques dans le centre de Lyon en racontant que c'était pas lui, et il envoyait des hommes-grenouilles à l'assaut des bonnes portugaises dans la piscine municipale de Villeurbanne…

Pouf, pouf.

Un ami romain de passage à la maison m'a apporté en souvenir de Rome une bouteille de vin au méthanol. Il venait de l'acheter le matin même au marché aux puces de la via Sannio, au pied de Saint-Jean-de-Latran, pour 30000 lires. Le même valait 1 000 lires avant d'avoir occis une douzaine de personnes. Plutôt que de ricaner, rappelons-nous l'*Amoco-Cadiz* et les boîtes de mazout aux plumes de mouettes que des malins bretons vendaient 100 francs pièce aux mammifères venus s'engluer le week-end sur les côtes souillées.

Pouf, pouf.

La duchesse est morte. J'ai du mal à m'en remettre. Trois générations de lectrices d'*Ici Paris* sont inconsolables. On vit rarement autant de pauvresses exploitées de par le monde s'émouvoir du bouleversant roman d'amour entre une pauvresse emperlousée pro-nazie et le majestueux empourpré gonflable qui lui grimpait dessus dans les vestiaires de Wimbledon au lieu de faire le roi comme tout le monde.

Toujours de la revue

29 avril 1986

Les murs des rues de ma paroisse sont constellés d'affichettes montrant un ange aux ailes déployées, les yeux levés vers les cieux. Le texte réclame – je cite – « tous les droits pour tous les hommes ». C'est signé du sigle « PCF ». J'imaginais que cela signifiait « Paroisse catholique de France ». Mais mon concierge, qui a bien connu Fiszbin quand il était de gauche, m'affirme que c'est l'abréviation de « Parti communiste français ». Je dois dire que cela me surprendrait beaucoup. Cette tentative de détournement de credo n'est pas dans la manière de ces gens-là. Pas plus que le style quasi papal du slogan. « Tous les droits pour tous les hommes. » Un communiste honnête aurait écrit : « Tous les droits pour presque tous les hommes. » Enfin il me semble.

Pendant que je contemplais l'affiche, j'ai vu un lévrier afghan pisser dessus. J'ai failli dire au propriétaire de l'animal : « Et la laisse, c'est pour les chiens ? »

Je me suis aperçu juste à temps que c'était complètement idiot.

Pouf, pouf.

Des milliers de gourmets et gourmands italiens sont allés, il y a quelques jours, déguster des spaghettis devant le plus grand fast-food McDonald's de Rome pour y crier haut et fort leur légitime indignation devant la prolifération des cantines à cons pressés, en deux mots et en deux tranches de pain mou avec un pneu haché au milieu.

Il m'a semblé que cette façon originale de manifester dans la rue, en utilisant l'humour comme arme, rénovait totalement et bien heureusement un genre de spectacle urbain sur le point de tomber en désuétude.

En a-t-on assez vu de ces grisâtres krasuckeries boulevardières sous des banderoles aux slogans affligeants, tant sur le plan de la syntaxe qu'au niveau des futilités des espoirs exprimés.

Quel ennui ! Que ne suivons-nous plutôt, camarades syndiqués et minorités spoliées, la voie tracée par la sœur latine d'où, décidément, nous vient tout ce qui est beau, et, disant cela, je ne pense pas seulement aux ornières à mater d'Ornella Muti.

Pour montrer l'exemple, mon voisin et moi, qui étions fâchés à mort pour une affaire idiote de mur de la honte qui séparait nos idéologies entre Croissy et Le Vésinet, sommes allés bruyamment faire la paix devant le ministère de la Guerre.

Pouf, pouf.

L'amicale cul-pincé des bigots moisis de la ville de Rennes a ululé sa sainte indignation dans les rues de la cité jusqu'à ce qu'on ait arraché une affiche montrant une main d'homme posée sur le ventre d'une femme enceinte. Que les censeurs de Botticelli éteignent la lumière quand ils baisent, c'est leur problème, mais alors, de grâce, qu'ils aillent au bout de leurs opinions et exigent une bonne fois pour toutes qu'on habille le petit Jésus dans la crèche. Toute cette nudité, ça fait triquer les pédophiles.

Pouf, pouf.

Voici trois fois en un mois que je suis le témoin oculaire d'une véritable manifestation de racisme anti-français. Trois fois que je me lève aux aurores pour aller faire chier mon chien en douce devant l'entrée de l'hôpital où tous ces étrangers font rien qu'à se prélasser avec nos sous au lieu d'aller à l'usine. Et donc trois fois que je vois le même scandaleux spectacle de l'exploitation de l'homme blanc par l'homme de couleur. Deux Noirs qui se prélassent à l'arrière d'une grosse bagnole, et un chauffeur blanc devant pour piloter ces deux parasites qui, en plus, se foutent de sa gueule et l'obligent tous les dix mètres à s'arrêter pendant que ces vandales s'amusent à vider NOS poubelles dans le dos de leur esclave blanc en chantant des twists gabonais complètement pompés sur les twists français. Je précise qu'à chaque fois c'étaient des Nègres et un Blanc différents, mais c'étaient toujours eux derrière et lui devant, à la place du petit cheval.

Pouf, pouf.

Le décès du sympathique marchand de mort international Marcel Dassault aura décidément ému la France entière de la droite aux cocos et de *Libé* à *Ici Paris*. Pierre Bénichou a brossé dans *Le Nouvel Observateur* le meilleur portrait du génial inventeur de la mitraillette à tirer à travers l'hélice sans la péter. (S'il y a un fêlé qui a compris comment ça marche, qu'il m'écrive, il a gagné un week-end à Beyrouth.) Selon Bénichou, Dassault, dans sa vie privée, affichait un certain mépris vis-à-vis de l'argent – attitude un peu surprenante au demeurant. À l'opposé, on notera qu'au-delà d'un certain seuil de misère, les pauvres affichent un certain mépris à l'égard des poux.

« On a beau être riche, disait Marcel Dassault, on ne peut quand même pas manger plus de deux poulets par jour. »

Eu égard à la médiocrité du plat de référence, on peut déduire de cette surprenante réflexion de papy vroumvroum qu'il n'y a pas d'âge pour faire des mots d'enfant à la Marie-Antoinette.

Toujours à propos de ce pauvre monsieur Dassault, son vieux copain Bleustein-Blanchet a révélé que le mot qui revenait le plus souvent dans son vocabulaire était le mot « joli ». « Il faut que tout soit joli. J'aime que mes avions soient jolis », disait-il.

Joli… c'est vague. Joli… comment ? Comme un petit garçon du Sud juste avant qu'il ait pris sur la gueule une bombe échappée d'un Mirage ?

Le printemps

30 avril 1986

Ce matin, dès le saut du lit, j'ai eu envie d'une rondelle de saucisson.

J'ai foncé chez le charcutier du coin qui venait à peine d'entrouvrir ses paupières et son rideau métallique.

« Salut, me lança-t-il, déjà jovial au sortir de sa léthargie. Il est bien matinal.

– Oui. Je me sens en grande forme. Je ne sais pas si c'est… cette soudaine douceur de l'air, ou les amphétamines dans mon café-calva… mais ça va vraiment bien. J'ai une de ces faims !

– C'est le printemps, décréta-t-il. Qu'est-ce que je lui sers ?

– Une rondelle de saucisson sec, s'il vous plaît.

– Une seule ? Y veut pas un petit birouteau Olida ? Ça nous ferait dans les 22 francs. C'est avantageux. Je l'ai écouté hier à la radio. Il a raison pour les Nègres.

– Va pour le birouteau.

– D'ailleurs, y faut bien ça, comme on dit nous autres : une rondelle ne fait pas le printemps… »

« Quand le charcutier y fait rien qu'à rigoler, disons que le printemps il est pas loin », disait Jean-Paul Sartre.

Le printemps, le vrai, pas l'officiel qu'on attendait depuis six semaines, mais celui du premier jour des bourdonnements et des bourgeons, des bourgeonnements et des bourdons. Le printemps, c'est le grand chambardement de la vie qui sort de ses cocons. Cela se mérite. Cela se prépare. On n'entre pas dans le printemps comme on entre dans un moulin.

D'abord, au printemps, les jours rallongent. Si vous habitez la campagne, dites-vous bien qu'il est absolument désolant de regarder les conneries télévisuelles de 20 h 30 alors même qu'un soleil rouge vient échouer ses rayons tièdes sur la façade de votre maison. Pensez donc à bien fermer les volets dès 18 heures.

Au printemps, la nature change de peau. Les verdoissiers marronnent, les marronniers verdoient, le chat-huant hue, le paon puant pue, le matou mutant mue, Bernard-Henri Lévy refait sa mise en plis. Dans la rue, les femmes vont le buste haut, claquant le bitume d'un talon conquérant. Les manteaux qui cachaient les formes ont fait place aux jupettes qui montrent les candeurs de l'arrière-genou. Cette année, la culotte se porte sous la robe, et non plus dans le sac à main comme l'an passé. C'est une victoire de l'Église et du sida réunis.

Et pourtant, mes frères, le temps est à l'amour, les effluves érotiques sont dans l'air qui sent le mur chaud et la sève des sous-bois. Les jours rallongent, mais il n'y a pas qu'eux, dit l'obsédé. Tout est dans tout. La concierge est dans l'escalier, le facteur est dans la concierge. Dans les allées cavalières de la forêt de Chambord, les amants au crépuscule sont en feu sous l'œil allumé de l'écureuil astiquant ses noisettes, le merle et la merlette vont au plume. En soirée, le cerf joue la biche. Dans les grand-rues des villes, les chiens frémissants se hument en geignant, et le poète qui passe ne peut qu'évoquer les pages sublimes de Jean Genet :

Connaissez-vous la charmante manière
De se saluer qu'ont nos amis les chiens ?
Ils préfèrent se lécher le derrière
Plutôt que d'se donner la main.
Comment vas-tu ? Sens don' mon cul.
Ça va très bien, sens donc le mien.
Et tes parents ? Ça va pas fort.
Et les enfants ? Renifle encore.

Ah Poésie, Poésie !

Le printemps, c'est le temps des éclosions jardinières et des fruits nouveaux. Le haricot vert en avril ne se découvre pas d'un fil. On lui préférera la pulpeuse asperge, du latin *asperges* qui signifie « goupillon », Dieu me pardonne. Chez nous, il y a des siècles que l'asperge a été introduite et personne à ce jour n'a porté plainte. L'asperge donne le meilleur de son goût en compagnie d'œufs brouillés. Elle ennoblit les sauces blanches. La vulgarité de la vinaigrette ménagère l'insulte.

Avant la disgracieuse invention du réfrigérateur, on conservait l'asperge fraîche pendant des mois en l'enfermant dans la poudre de charbon de bois, après l'avoir enroulée dans un cornet de papier de soie. Il fallait bien prendre soin de lui cautériser préalablement la section de la tige sur la plaque du four à bois de grand-mère. C'était moins pratique que le machin-burger du maquereau Donald, mis il est payant parfois de savoir prendre son temps. Les tronches défaites du bâfreur hâtif et de l'éjaculateur précoce sont éloquentes à cet égard.

C'est au printemps, hélas, que le doux employé se meut soudain en brute briseuse de planches, gâcheuse de plâtre ou décapeuse de parquets innocents. C'est le temps honni du bricolage, de l'italien *briccola*, « machine de guerre », mais ce n'est pas de ma faute non plus. À la perceuse AEG à gâchette électronique pour prépointage avec percussion automatique de 0 à 2 000 tours, on pourra préférer la Bosch CSB 850 2RLT à mandrin de 13, mais pour la lutte contre la petite délinquance par perforation du petit délinquant, l'une et l'autre se valent.

Au printemps, le non-bricoleur se sent très seul, aussi seul que Black sans Decker.

Petit rigolo

2 mai 1986

Je retaperais bien un petit coup sur les jeunes. D'abord parce que je les hais vraiment. En dehors des aristocrates libertaires qui pensent plus haut que le Smig.

Ensuite parce que je sais qu'ils forment la majorité des gens qui s'abaissent à écouter ces chroniques.

Enfin parce qu'ils ont été nombreux à m'écrire ces jours-ci pour me traiter de vieux con. Si tant est qu'on puisse appeler « écrire » n'importe quelle tentative de représentation d'une ébauche de pensée par le biais de symboles graphiques incohérents couchés dans le désordre au mépris total de la grammaire, de la syntaxe, de l'orthographe et du souvenir de mon aïeule Germaine Philippin, institutrice de l'époque missionnaire, qu'une cédille oubliée décourageait aux larmes.

« Les jeunes ne sont que ce que les vieux cons en font et vous manquez vraiment de tolérance », me dit un jeune auditeur nîmois avec un certain aplomb et deux *s* à « tolérance ».

Il est de fait que les vieux cons, comme vous dites, sont d'anciens jeunes cons restés fidèles aux mêmes valeurs sacrées de la condition humaine qui s'accommodent aussi bien de la banane sur l'œil à 18 ans que de la casquette Ricard à 50.

Mais au moins la connerie humaine de toujours a-t-elle parfois le mérite de la générosité. Le kamikaze, le chrétien qui se flagelle, l'humaniste qui vote à gauche, le font rarement par intérêt. Alors qu'il se dessine de façon tangible, dans votre génération qui monte, mon camarade, une espèce d'ambition glacée d'arriver par le fric et un mépris cynique de tous les idéaux, assez peu compatible avec l'idée qu'on se fait de la jeunesse éternelle génératrice de fougues irréfléchies et de colères gratuites.

Très symptomatique de cette espèce de cynisme puceau qui semble avoir eu raison des salubres révoltes pubertaires de naguère, cette autre lettre d'un jeune Parisien de 19 ans qui saura sans peine conserver la tête froide tant est glacée son ambition :

Cher Pierre Desproges,

Je voudrais savoir pourquoi tu fais ce métier de faire rire les gens ? Je voudrais faire pareil. Je sais que ça gagne pas mal.

Mes copains disent que je suis très marrant, et avec de l'humour. Je crois que c'est vrai et physiquement je ressemble beaucoup à Fernand Raynaud. C'est pourquoi je voudrais investir dans le rire.

Voici un sketch que j'ai composé. Quelle est la marche à suivre pour le faire publier, et bravo pour ta rubrique ordinaire. Je joins un timbre à l'enveloppe pour la réponse.

Signé : Jean-Pierre Le Marnec.

PS : C'est mon vrai nom. Je suis d'origine bretonne.

Cher Jean-Pierre Le Marnec,

Je voudrais d'abord vous remercier pour le timbre. Je le garde à titre de dommages et intérêts. Je considère en effet la lecture de votre sketch, à laquelle vous m'avez contraint, comme une véritable agression contre l'humour et le bon goût français. Sans vouloir vous offenser, il me semble notamment que l'idée de mettre en scène un adjudant a déjà été utilisée par Ouvrard en 1911. Vous situez l'action dans une caserne : je crains que ce ne soit pas nouveau non plus. Pardonnez-moi enfin d'avoir très peu ri à la chute du sketch, quand le militaire tombe sur une peau de banane. Puisque vous me faites l'honneur de me demander conseil, je vous suggérerai d'essayer de vous hisser au rire du deuxième degré. Cela se vend bien sur le marché, dans la conjoncture actuelle. Un militaire qui tombe sur une peau de banane dans une caserne, c'est du premier degré. Le second degré, ce pourrait être une banane qui tombe sur une peau de militaire, dans un charnier par exemple. Cela vous eût valu, à mon sens, un rire plus « mode », si vous voyez ce que je veux dire – ce dont je doute.

Vous argumentez d'un certain air de famille entre vous-même et Fernand Raynaud pour justifier vos ambitions d'humoriste patenté. Peut-être auriez-vous plutôt intérêt à masquer cette ressemblance ? En utilisant par exemple un pot de chambre plus grand que celui dont vous vous êtes affublé sur la photographie que vous m'avez généreusement dédicacée ? Heinrich Himmler avait beau ressembler trait pour trait au pétomane, il déclenchait peu d'hilarité à Auschwitz. Pourtant les juifs ont de l'humour.

À ce propos, j'apprécie que vous soyez d'origine bretonne comme Théodore Botrel, Jean-Marie Le Pen et Bécassine : ce sont de sérieux atouts dans la course au hit-parade de la rigolade.

En ce qui concerne la marche à suivre pour faire publier vos sketches, je vous suggérerai de les envoyer directement à Woody Allen qui ne manquera pas de les jouer lui-même sur la scène du Carnegie Hall dès la rentrée prochaine.

Enfin, vous me demandez pourquoi j'ai investi dans le rire. Eh bien, c'est pour ces mêmes raisons qui vous poussent à essayer d'en faire autant : j'ai investi dans le rire pour le pognon, pour nourrir ma famille.

Selon Bergson, qui a oublié d'être con, sinon il ne serait pas avant Berlioz dans le Larousse, le rire n'est qu'une manifestation de gaieté caractérisée par la contraction des muscles zygomatiques et l'émission conjointe de sons rapidement égrenés (exemple : ha, ha, ha).

Mais le philosophe, malgré une recherche poussée des causes et des effets du rire, en a malheureusement oublié la plus noble conquête : le pognon. En effet, le rire n'est jamais gratuit : l'homme donne à pleurer, mais il prête à rire.

Un homme qui sait faire rire, pour peu qu'il soit généreux, qu'il aime son public, peut gagner du pognon.

Aimer son public, ne pas le mépriser, l'élever à soi, ne jamais s'abaisser à lui, le faire rire oui, mais pas à n'importe quel prix, pas à moins de 2000 francs hors taxes le calembour, c'est la clé de la réussite pour le rigolo.

Veuillez agréer, cher Jean-Pierre Le Marnec, l'assurance de mes sentiments cons et fraternels.

PS : Lors d'une prochaine lettre, soyez gentil d'éviter de me tutoyer. C'est une familiarité que je réserve aux gens avec qui j'entretiens des rapports sexuels. Merci.

Le pont

5 mai 1986

J'ai un cousin qui est délégué syndical.

C'est mieux que pas de cousin du tout.

Il lutte pour la sauvegarde des droits des travailleurs dans une société d'essayage de matelas.

Je l'invite rarement à la maison car nous ne sommes pas du même milieu, mais l'autre jour je n'ai pas pu faire autrement.

Quand je suis rentré du boulot, il était déjà chez moi à aider ma femme à tester un sommier de 140. Je lui trouvai l'air particulièrement jovial et lui en fis la remarque.

« C'est que jeudi, c'est le 1er mai, dit-il.

– Et alors ?

– Et alors, on ne travaille pas.

– Ah bon ? Pourquoi ?

– Parce que c'est la fête du travail. On ne doit pas travailler le jour de la fête du travail. C'est un principe sacré.

– Je ne savais pas, m'excusai-je. Moi je travaille le 1er mai.

– Il n'en est pas question, s'écria-t-il, soudain fâché. Je ne te laisserai pas faire ! Si tu bosses le 1er mai, je te préviens, ça va être ta fête. »

Là, je m'insurgeai à mon tour, arguant notamment qu'il était bien singulier de ne pas savoir fêter le travail autrement qu'en le boudant. Et j'ajoutai, reprenant à mon compte le mot charmant du duc d'Édimbourg : « Moi, le jour des rois, je tire la reine. »

Mon cousin délégué syndical se montra peu convaincu par cette démonstration, dont je reconnais volontiers qu'elle était approximative. Cependant, le chaleureux sourire d'humaniste boulevardier périphérique qui illuminait souvent sa bonne grosse trogne rouge-picrate de sous-cadre hébété, envahit de nouveau ses bons gros yeux jaune-Ricard de défoncé moyen.

« Ce qui est chouette, constata-t-il, c'est que je vais pouvoir faire le pont. »

Il prit congé sur cette remarque optimiste, me laissant perplexe et sceptique à l'égard de la pureté de sa foi ouvrière. Car enfin, Dieu m'enfouisse, si possible jusqu'aux genoux parce qu'après ça fait plus marrer, car enfin, me disé-je, qu'est-ce qui fait bouger cet homme ? Est-ce l'espoir de gagner la lutte finale en passant par l'Internationale des travailleurs, ou bien l'espoir de gagner Épinal en passant chez sa sœur ?

J'étais loin de la réalité. Vendredi dernier, 2 mai, je traversais le Pont-Neuf en sifflotant la bourrée paloise en hommage au Béarnais, quand je reconnus, à ma grande stupéfaction, mon cousin délégué syndical en bleu de travail, une truelle à la main.

« Qu'est-ce que tu fais là ? » s'étonna-t-il, car, vous l'aurez remarqué, les gens manifestent presque toujours une intense surprise et disent presque toujours : « Qu'est-ce que tu fais là ? » quand ils rencontrent quelqu'un de connaissance en un lieu où eux-mêmes se trouvent sans que ça les surprenne.

« Eh bien, vois-tu, lui dis-je, je sifflote la bourrée paloise en hommage au Béarnais.

– Quel Béarnais ?

– Henri IV, le Béarnais. »

Il se rembrunit de ce qu'il prenait de ma part pour une manière de manifestation royaliste solitaire.

« Et on peut savoir ce qui te fait penser à Henri IV, comme ça, là, tout à coup, en traversant le Pont-Neuf ?

– Mais enfin, Luc, lui dis-je – car j'avais oublié de vous dire qu'il s'appelait Luc : Krasucki Luc, le cégétiste qui revendique plus vite que son ombre, c'est lui. – Mais enfin, Luc, tu sais bien que le Pont-Neuf a été construit par Henri IV ?

– Ah bon ? Ça m'étonnerait, c'est même pas du béton. Quel Henri IV, d'abord ? Celui du cheval blanc ?

– Exactement. D'ailleurs, je te signale que le cheval blanc, tu es dessous, en ce moment. »

Il leva les yeux vers la statue équestre.

« Je croyais que c'était Guillaume Tell.

– Ah non, Guillaume Tell n'avait pas de fraise. Et

toi, Luc, qu'est-ce que tu fais là ? Tu m'avais dit que tu faisais le pont.

– Et alors ? Je fais le pont, confirma-t-il. Je répare les pierres disjointes autour de ce réverbère.

– Mais ce n'est pas ton métier ! »

Il me souffle dans l'oreille : « Motus. Je travaille au noir. Pour le compte de Paris. Pour Chirac, si tu préfères. »

Je crois que l'on peut dire que mon cousin Krasucki Luc a une conception bien particulière de la célébration des fêtes du calendrier en général, et pas seulement de la fête du travail. Tenez, le mois dernier, je crois me rappeler que c'était un lundi, sa femme, Noëlle, s'est cassé une jambe. « Ça s'arrose ! » me dit-il au téléphone. Et devant mon silence consterné : « Rends-toi compte. C'est la première fois depuis au moins dix ans que Noël tombe un lundi. »

C'est nul comme chute.

Mitchum

8 mai 1986

Vous avez vu le dernier *Paris-Match* ? L'accident de la RN 7 ? Mais si : les deux loubards ivres morts en moto qui sont entrés à 150 à l'heure dans un camion plein de veaux pour l'abattoir ? Ah la belle image ! *Paris-Match* ! Le poids des veaux, le choc des motos.

Il n'y a pas que du sang dans *Paris-Match*. Il y a aussi de la merde... Il y a aussi parfois, moins souvent, des photos émouvantes. J'ai gardé dans mes archives un très beau reportage de Dany Jucaud et Jean-Claude Deutch sur Robert Mitchum.

Ah, Mitchum...

Il coule dans ses veines du sang indien et de l'alcool irlandais. Le regard est pointu mais fatigué, la fossette arrogante ; la voix profonde comme un chagrin, lasse et désabusée, ébréchée à cœur par un demi-siècle de fureur alcoolique, subjugue les cinéphiles estudiantins et fait vibrer les femmes amoureuses de l'amour. Il marche comme personne. Il marche massif et félin. Il marche comme un taureau élastique, et court au ralenti dans *La Nuit du chasseur*. C'est un homme infiniment présent. Et pas du tout commun. Quand on lui parle de son métier, il ne dit pas tout à fait la même chose que la plupart des acteurs sacrés du cinématographe.

Quand on lui demande ce qu'il aime le plus dans ce métier, l'acteur sacré du cinématographe dit : « C'est un métier très difficile. Il demande beaucoup de générosité. Je m'y donne tout entier. »

Mitchum dit : « C'est un métier facile. L'autre jour on m'a dit : "Entrez par cette porte." J'entre par cette porte. Ils étaient très contents. »

Quand on lui demande ce qui l'a conduit à choisir cette carrière, l'acteur sacré du cinématographe dit : « Toute ma vie, j'ai senti en moi le besoin impérieux de communiquer quelque chose qui m'interpelle comme ça quelque part. »

Quand on pose la même question à Robert Mitchum, quand on lui demande quel a été le déclic de sa carrière, il répond : « Un jour, j'ai vu les aventures du chien Rintintin à la télévision. Et je me suis dit : si lui peut le faire, je peux le faire. »

Quand on s'étonne qu'il n'aille jamais voir les films dans lesquels il a joué, l'acteur sacré du cinématographe dit : « C'est une épreuve au-dessus de mes forces, je me trouve atrocement mauvais. »

Mitchum non plus ne va jamais voir ses films. Il dit qu'il n'y est « pas obligé par contrat ». Et il ajoute : « Si je travaillais à la chaîne chez Ford, je ne passerais sûrement pas mes dimanches à aller regarder les voitures que j'aurais fabriquées pendant la semaine.»

Quand on s'angoisse de savoir quel a été le plus beau jour de sa vie, l'acteur sacré du cinématographe dit qu'il n'oubliera jamais le jour où il a reçu le César des propres mains d'Oscar, ou l'Oscar des propres mains de Marius, il ne sait plus, il est ému – il étouffe un court sanglot, admirable de pudeur.

Robert Mitchum se souvient: «Le plus beau jour de ma vie? C'était vendredi dernier. On a arrêté le tournage deux heures plus tôt que prévu.»

Bien sûr, chez cet homme, il y a un goût prononcé pour la provocation. La provocation dont Brecht a dit qu'après tout elle n'était peut-être qu'une façon abrupte de remettre la réalité sur ses pieds.

Peut-être aussi que Robert Mitchum n'est pas tout à fait sincère quand il dénigre son métier. Peut-être – va savoir – qu'il le fait aussi par amour, mais qu'il n'est pas dupe ni ébloui par l'éclat outrancier des projecteurs? Peut-être qu'il a une vraie pudeur qui le pousse à montrer son cul pour cacher son cœur? Peut-être qu'il est lucide? Ça expliquerait qu'il boive?

Tout miel

14 mai 1986

La femme d'un riche négociant de San Pietro en Italie, madame Tina della Pineta, demande le divorce pour – je cite – « perversions sexuelles ».

Chaque matin, à l'aube, son mari l'enduit de miel d'acacia mélangé à de la crème fraîche, puis il la lèche avant de partir au travail, ainsi revigoré. Madame della Pineta s'estime en mesure de produire un certificat de son médecin prouvant qu'elle est allergique à l'acacia.

C'est dire à quel point elle se sent peu concernée par le dicton sarde selon lequel le monde appartient à ceux qui se lèchent tôt.

Pouf, pouf.

Les Pékinois peuvent contempler pour quelques jours des vaches à six pieds, des cochons à deux têtes et des salamandres géantes dans un parc de la capitale, a annoncé le quotidien du soir de Pékin.

Parmi les autres animaux étranges présentés, on peut également voir des tortues à poils verts, des chiens et des poulets à trois pattes ou encore un espadon à deux aiguilles.

Sans vouloir minimiser la qualité du saugrenu de cette exposition, il reste que, dans ce domaine, les Chinois ont encore beaucoup à attendre des Occidentaux. Je pense notamment à la célèbre foire de Memphis (Tennessee) où l'on avait pu voir, l'année dernière, un rocker qui était né avec un cerveau.

Pouf, pouf.

Lors d'une récente émission « Direct » de Philippe Gildas sur « Canal + », j'ai relevé cet extrait de conversation irréelle entre Gildas, le parolier de la chanson Pierre Delanoë et un ersatz humanoïde boutonneux venu s'assoupir derrière.

DELANOË : Oui, j'ai composé un tas de chansons pour un tas de gens. Bécaud, entre autres, et Lenorman, et...

GILDAS : Et vous, jeune homme, vous écoutez ce genre de chansons ?

L'ERSATZ : Euh, disons... euh... que... euh... disons que disons...

GILDAS : Bécaud, par exemple, vous aimez ?

L'ERSATZ : Disons que non, euh. Disons que c'est de la variété... Nous on écoute du rock.

DELANOË : Et alors quoi ? Le rock, c'est pas de la variété peut-être ?

L'ERSATZ : Euh, disons que c'est pas pareil. La variété, c'est commercial.

DELANOË : Ah, parce que pour vous, le rock, c'est pas commercial !

L'ERSATZ : Oh ben non, faut pas déconner. C'est pour rêver.

GILDAS : Et maintenant, les résultats du Top 50.

Pouf, pouf.

Parmi la pléthore d'immondices publicitaires vomies hier matin par ma boîte aux lettres, j'ai relevé ceci :

M. SOUKOULY DJAMANO
Médium africain
Peut rendre l'amour et restituer
l'être aimé tous les jours de 9 à 18 heures.
Dégomme les réputations et résout
les chômages sur rendez-vous.
Travail sérieux reconnu par l'admiration
de plusieurs personnages contents.

Et en tout petit, en dessous, dans un petit coin sournois :

Peut faire disparaître personne non désirée.

Monsieur Djamano, pratiquez-vous des tarifs préférentiels pour les collectivités ? Pouvez-vous faire disparaître plusieurs personnes non désirées à la fois ? Pouvez-vous faire disparaître le groupe Indochine ?

Si oui, écrivez à Jean-Louis Foulquier. Il les trouve nuls.

Ku Klux Klan

15 mai 1986

Quelle est l'origine du mot « Ku Klux Klan » ? Je sens bien que la question est sur toutes les lèvres.

Selon les distingués érudits anglo-hellénistes, « Ku Klux » viendrait du grec *kuklos*, « cercle », et *klan*, d'un patois saxon qui signifie « famille ».

Le Ku Klux Klan, en somme, désignerait le cercle de famille : le papy, la mamie, les ti enfants, le chien-chien, le ti minou, avec autour des barbelés et des miradors à nègres. Bizarre.

Personnellement, si je peux me permettre d'enfoncer le Klu, je ne me satisfais pas de ces élucubrations. Érudits ou pas, on sait ce qu'il faut penser des anglo-hellénistes.

Sans vouloir faire dans la discrimination sexuelle, les jeunes doivent savoir qu'il est plus prudent de s'asseoir sur un vélo sans selle que sur un anglo-helléniste.

Accessoirement, je vous recommande vivement la lecture du n° 78 du journal *L'Évènement*. Page 50, vous y trouverez, sous la signature de Noëlle Velley, un entretien savoureux entre cette personne et monsieur Ed Stephens, « grand dragon de l'empire invisible du Ku Klux Klan pour l'État de Géorgie », qui déclare, entre autres bribes de professions de foi, que – je cite – « nous séparons les Blancs des juifs, mais nous n'établissons pas de différence entre les Blancs et les catholiques ».

Monseigneur Lefebvre – je ne sais pas s'il bouge encore – devrait être content.

Jours de fête

19 mai 1986

Nous n'avons plus de religion, nous, les catholiques.

Si vous demandez à un musulman : « Qu'est-ce que vous faites pour le Ramadan ? » il vous répondra : « Je vais jeûner. »

Si vous demandez à un catholique : « Qu'est-ce que vous faites pour la Pentecôte ? » il vous répondra : « Ah ben, nous, on va chez la belle-mère. »

Tenez, mon crémier, hier matin :

« Bonjour, comment y va ce matin, qu'est-ce qu'y veut ?

– Un petit pot de crème fraîche, s'il vous plaît.

– C'est parti pour la crème. Et alors, qu'est-ce qu'y fait pour la Pentecôte ?

– Ben, rien, je ne suis pas pratiquant.

– J'y demande pas qu'est-ce qu'y fait. J'y demande où qu'y va ?

– Désolé. Vous m'avez demandé "Qu'est-ce

qu'y fait ?" Si vous m'aviez demandé "Où qu'y va ?", je vous aurais dit où qu'y va.

– Et alors, où qu'y va pour la Pentecôte ?

– Ah ben, nous, on va chez ma belle-mère.

– Ah bon. Et qu'est-ce qu'y fait ?

– Des moules à la crème. »

Il est grand temps, mes frères, que vous replongiez dans les Écritures et sur vos prie-Dieu si vous voulez un jour tâter du ciel et peloter les anges.

Cette émission, jusque-là, a manqué singulièrement de piété. Ça va changer. Aujourd'hui catéchisme. Prenez un papier et un crayon, mettez-vous à genoux sur le carrelage. Bien. En titre : « Je connais bien les grandes fêtes de la religion catholique ».

1. Noël

Noël célèbre la naissance de Jésus-Christ, fils de Dieu, venu sur terre pour effacer les péchés du monde, mais il avait oublié sa gomme. Le père de Jésus s'appelait monsieur Joseph. Bien qu'il fût charpentier, monsieur Joseph n'avait pas de semence. Sa femme, madame Marie, dut faire appel au docteur Saint-Esprit qui pratiqua l'opération qui porte son nom. Par la suite, la mode des mères porteuses devait tomber en désuétude pendant près de deux mille ans. De nos jours, on fête Noël dans le monde entier. Dans les pays chauds, il arrive que les gens aillent à la messe demi-nus.

2. L'Épiphanie

C'est le jour où les pieds nickelés de Dieu,

Melchior, Balthazar et j'oublie toujours le troisième, apportent à l'Enfant l'or, la myrrhe et l'encens.

La Vierge jette la myrrhe parce qu'elle ne sait pas à quoi ça sert.

3. Mercredi des Cendres

C'est le premier des 40 jours de pénitence, c'est carrément le carême au cours duquel le catholique doit moins boire, moins fumer, et faire la guerre avec une certaine modération, sauf si c'est l'ennemi qui a commencé.

Pendant le carême, le catholique pieux va au lit. La catholique lit, va au pieu. On prendra soin de se laver le derrière dans le noir pour éviter les mauvaises pensées. Si l'on n'y parvient pas, on aura recours à la branlette. La veille du mercredi des Cendres, c'est le Mardi gras. Les cons se déguisent en imbéciles pour passer inaperçus.

4. Les Rameaux

Le jour des Rameaux, Jésus, monté comme un… *Pouf, pouf.* Le jour des Rameaux, Jésus, monté sur un âne, traverse Jérusalem au milieu de croyants en délire qui l'acclament en secouant des rameaux d'olivier. C'est un dimanche, en fin d'après-midi, et la foule est telle que nous retrouvons la foi et notre correspondant au PC de Rosny-sous-Bois.

5. Vendredi saint

C'est le jour de la mort du Christ. « Pal », « l'aliment complet pour chiens », et la lessive « La Croix » veulent l'un et l'autre sponsoriser l'évènement. La candidature de Pal est repoussée. On choisit La Croix.

Les maîtres-autels y auront gagné en esthétique. À 15 heures, le Golgotha s'enflamme de mille couleurs extraordinaires. C'est Dieu le père qui fait son intéressant. Malheureusement, le fils ne peut pas applaudir.

6. Pâques

C'est la grande fête de la Résurrection. Trois jours après sa mort, Jésus soulève la pierre tombale de son caveau de famille et va prêcher la bonne parole chez l'apôtre Thomas et sa femme Chantal, l'inventeuse du suaire-mono. Pour célébrer Pâques, on fait un grand dîner. À la fin du banquet, on apporte une pièce montée, le couvercle en nougatine se soulève, miracle, Jésus z-est parmi nous.

7. La Pentecôte

C'est le jour où le Saint-Esprit, sous forme de langues de feu, descend sur les apôtres pour leur insuffler une foi nouvelle. Les premiers chrétiens ont longtemps célébré cette fête en allant chez leur belle-mère.

8. L'Ascension

Tout Jésus, plongé dans une prière, reçoit une poussée de bas en haut qui le renvoie chez son papa. C'est le théorème de l'ascenseur.

9. L'Assomption

Chaque année, le 15 août, la Vierge Marie, dont nous avons relevé plus haut les singularités gynécologiques, pond un œuf. C'est le pondu-15 août. Les protestants, qui ne croient pas au dogme de la Vierge, ont longtemps marqué leur hostilité à cette croyance en allant chez leur belle-mère le jour de l'Assomption.

10. La Toussaint.

C'est la fête de tous les saints, et surtout de saint Fleuriste.

Le lendemain, le 2 novembre, jour des trépassés, les catholiques vénèrent leur belle-mère en allant chez leurs morts.

Le lion

20 mai 1986

Avec *Le Dictionnaire de la bêtise* de Bechtel et Carrière, récemment réédité chez Robert Laffont, l'*Encyclopédie des idées reçues* de Claude Vallette me semble constituer l'un des ouvrages les plus importants de cette fin de siècle dans le domaine de la culture déniaisante.

On y apprend, entre autres certitudes à réviser, que Lindbergh ne fut pas le premier à traverser l'Atlantique par la voie aérienne, mais le 67e. Il fut le premier à l'avoir fait en solitaire, sans même une hôtesse pour lui peloter les genoux, et bon, je compatis, mais 64 aéronautes ensemble et 2 aviateurs en couple avaient réussi avant lui cette équipée casse-gueule au-dessus des dents de la mer.

On y découvre encore que Gutenberg n'a pas inventé l'imprimerie, mais seulement la typographie. Ce n'est déjà pas si mal. Je voudrais vous y voir.

Ou que le fameux « élémentaire mon cher Watson »,

attribué à Sherlock Holmes, ne figure dans aucun des 56 romans de Conan Doyle.

Ou même que Jésus, loin d'être fils unique, avait quatre frères dont il nous parle peu – c'était un homme qui avait tendance à ramener le suaire à lui.

Mais la plus spectaculaire démystification à laquelle se livre Claude Vallette est sans conteste celle du mythe du lion, roi des animaux.

Ce fier bestiau couronné en prend plein la gueule et avec lui tous ses thuriféraires béats, à commencer par Jean de La Fontaine, le chef de file des lèche-culs zoophiles versaillais dont les clichés verbeux proléonins ne cessent d'égarer nos progénitures sur les chemins hasardeux de la connaissance.

En réalité, le lion est un gros con lâche et couard. Contrairement à d'autres félins moins bien cotés en brousse, il ne chasse pas seulement pour se nourrir, mais aussi pour le simple plaisir de tuer, comme n'importe quel officier de carrière. Et encore, à condition d'être en bande, et que le gibier soit malingre. On a vu ainsi des lions se mettre à six pour massacrer un seul roquet sauvage arthritique ; comptez les mêmes proportions pour un peloton d'exécution, c'est bien ce que je disais, mon colonel. La plupart du temps, le lion ne chasse pas lui-même. Il laisse à sa femelle le soin de chasser à sa place, ou bien il se planque derrière elle pour ne pas prendre un mauvais coup de patte de gnou dans ses nobles couilles royales.

La formidable puissance du lion lui permettrait de foudroyer un zèbre percheron en lui fracassant les vertèbres cervicales d'un seul coup de patte, mais il a bien trop peur de s'abîmer les ongles. Le terrible rugissement du lion qui a impressionné des générations d'enfants au cinéma les soirs de Metro Goldwyn Mayer n'est pas destiné à subjuguer ni pétrifier les animaux de la jungle. Le lion ne rugit qu'en sortant de table, ou au moment de trombiner une femelle récalcitrante lors d'un rut mal compris.

En fait, le rugissement du lion n'est, au mieux, qu'un rot, et, au pire, qu'un couinement extatique d'éjaculation précoce.

Pour achever de déboussoler cette majesté usurpatrice, Claude Vallette nous révèle qu'on a observé des lions disputer aux vautours des restes de cadavres grouillant de vers, et repartir la queue basse en faisant « Kaï Kaï Kaï » pour un petit bout de bec dans le cul.

En conclusion, je déconseillerai aux partisans des animaux de défense l'acquisition d'un lion de garde pour lutter contre la délinquance maghrébo-juvénile. Certes, une pancarte « Attention lion méchant » peut s'avérer dissuasive. Mais le lion, outre qu'il est plus lâche que l'élastique de la culotte Petit Bateau, est trop sot pour pouvoir vivre en appartement ou dans un pavillon de banlieue. Il est incapable de faire le beau, de donner la papatte ou de rapporter la baballe.

En revanche, le pot au feu de lion est délicieux. En voici la recette que je viens de déposer à la Société des auteurs en même temps que celle du chihuahua Melba :

Prenez un lion.

Un beau lion. L'œil doit être vif. Plongez-le dans l'eau bouillante. Quand l'eau frémit, le lion aussi. S'il se sauve, faites-le revenir avec une échalote. Ajoutez au bouillon un bouquet garni. Laissez mijoter à feu doux pendant deux heures en touillant régulièrement. La crinière ne doit pas attacher.

Pour voir si le lion est cuit, piquez-lui son gros cul avec une fourchette. Normalement, au bout de deux heures, le lion ne doit plus rugir. Ce que le dicton bantou exprime fort poétiquement : « Lion bouillu, lion foutu. »

À toutes fins utiles, je signale aux éventuels lecteurs que j'aurais réussi à appâter que l'*Encyclopédie des idées reçues* de Claude Vallette est épuisée depuis six ou sept ans. Brigitte Bardot aussi, ça ne l'empêche pas de bouffer du phoque.

Lettre ouverte aux cuistres

22 mai 1986

Je viens de recevoir la lettre circulaire suivante :

Monsieur Desproges,

Mon désir est de réunir dans un même livre des individualités françaises : homme de télévision et médias, artistes de cinéma et de théâtre, musiciens classiques, écrivains, homme d'affaire, artiste de variétés, grands chefs culinaires.

Le sujet du livre consernera vos attirances et relations avec le vin, et votre avis sur « l'acte de boire ».

Je serai des plus flatté si vous acceptiez de paraître en ce livre, approuvé par les Éditions Hachette.

Je vous serai reconnaissant de me contacter par téléphonne pour établir les modalitées nécessaires en vue d'un entretien.

Avec toute ma sympathie et l'espoir de votre future collaboration, je vous prie de croire, Monsieur, en mes sentiments les meilleurs.

J'aime beaucoup votre lettre, Monsieur Sokoloff. Je ne m'attarderai pas sur la platitude du texte ni sur l'indigence orthographique dont il est parsemé.

Après tout, si les illettrés n'avaient pas voix au chapitre, Rika Zaraï serait obligée de chanter pour gagner sa vie, au risque de déclencher une nouvelle poussée d'antisémitisme jusque chez les juifs.

Je glisserai également sur la grossière goujaterie qui consiste à débiter au photocopieur une requête dont les sollicités seraient en droit d'attendre un minimum d'égards. Comme disait Jean-Jacques Gautier : « Si l'on devait prendre du temps à être courtois, on n'aurait plus le temps de chier. »

J'aime beaucoup votre lettre, Monsieur Sokoloff, parce qu'elle vient de me donner une idée.

Si j'ai bien compris votre démarche, vous entendez faire écrire votre livre à l'œil par une bande de nègres gratuits sur la verve ou le talent desquels vous comptez pour pallier votre propre incompétence littéraire. En échange de quoi vous toucherez les droits d'auteur à leur place. C'est normal, puisque c'est vous qui avez la machine à écrire.

C'est vraiment une bonne idée. Des lettres comme la vôtre, Monsieur Sokoloff, pour vous donner le fond de ma pensée et tapisser celui de ma poubelle, il m'en échoit quatre ou cinq par mois.

Connement – il n'y a pas d'autre mot –, je n'y réponds jamais. Pire : j'ai même réagi violemment un jour, avec l'appui de mon éditeur, en faisant retirer de la vente un catalogue de boutades compilées (du latin *compilare*, « piller ») par un inemployé aux écritures qui, le pauvre homme, ne possédait même pas le photocopieur qui lui eût permis de m'annoncer à temps le pillage auquel il allait se livrer dans les livres des autres, ce dont je n'eusse cure, et dans les miens, ce qui m'outra.

Étais-je sot, Dieu m'épate, oui mais des Panzani ! Certes, vous n'aurez pas un mot de moi, Monsieur Sokoloff, dans votre prochain ouvrage, parce que, plus le temps passe et me presse avant que mort s'ensuive, plus j'ai tendance à écrire pour nourrir *ma* famille et moins j'ai envie d'arroser la vôtre.

Mais, Dieu m'épile, oui mais des Wonder, quelle excellente idée vous eûtes, Monsieur Sokoloff !

Figurez-vous que je l'ai reprise à mon compte. Tenez-vous bien. Permettez-moi de vous faire lecture d'une lettre que je viens de rédiger.

Pierre Desproges
Chroniqueur haineux

à Monsieur…
Artisans Compagnons de France

Monsieur…

Mon désir est de réunir dans une même bâtisse des individualités artisanales françaises : maçons, peintres, plombiers, carreleurs, électriciens, etc.

Le genre de la maison sera luxueux mais sobre et de bon goût et rappellera à tous votre savoir-faire.

Je serais des plus flattés si vous acceptiez de me la construire à l'œil.

Je vous serais très reconnaissant de me contacter par téléphone pour décider de la date du début des travaux.

Avec toute ma sympathie et l'espoir de votre collaboration…

Pierre Desproges

Allons, bonsoir, Monsieur Sokoloff. Encore merci. Je ne m'attarde pas, j'ai du courrier en retard :

Madame…

Après avoir baisé en collaboration avec madame Mercier, l'épicière, mon désir est de réunir dans un même lit des individualités saute-au-paf françaises. Je serais très flatté si vous acceptiez de coucher avec moi pour pas un rond, etc., etc.

Re-Cannes

23 mai 1986

On a beau être encore moins préoccupé par le Festival de Cannes que par les cours de l'épinard irradié dans le Bas-Rhin, on ne peut y échapper.

La télévision publique, notamment, qui devrait, en attendant qu'on la brade, consacrer les milliards de nos redevances à créer des sons et des images typiquement télégéniques, les gaspille quinze jours par an sous nos yeux en viles flatteries, sur place, au septième art qui la méprise, je te raconte pas l'ostentation.

Si encore on nous montrait, comme au bon vieux temps, des belles grosses connes bien grasses aux trois quarts nues, avec leurs bons gros sourires de hernies ventrales, et leurs bons gros derrières qui font floc-floc dans les papiers gras flottant sur l'écume détergente de la Méditerranée cannoise, charriant sur ses galets coupants les étrons nocturnes des festivaliers frappés d'entérites sournoises consécutives aux imprudentes ingestions d'avocats surgelés aux crevettes pourries des brasseries de la Croisette. Mais non ! Finies toutes ces belles images d'évasion porteuses d'amour et de morpions noyés dans la crème solaire.

Aujourd'hui, Cannes ne nous renvoie plus que les désolantes conférences de presse du gros petit barbu Ferreri avec ses petits yeux bleu huître et les consternantes divulgations des intentions romantico-serrurières qui l'animent dans ses films où le cul ne sait plus où donner de la queue.

Ou bien la grande belle tronche molle de son dernier héros, l'ineffable Christophe Lambert, ultime coqueluche des pétasses cinéphiles, avec son bon gros sourire mi-clos de persienne hawaïenne et sa bonne grande grosse bouche à gober les mouches espagnoles, toujours entrouvertes sur un demi-sourire béat aux lèvres charnues expertes à sucer les porte-clés à même le tableau du concierge du Carlton.

Ou encore le bon grand gros phallus du chimpanzé anglomane qui veut à tout prix sauter la bonne grande maigre Charlotte Rampling.

Ce cinéma est une bien grande misère pour le corps et l'esprit. France-Intériennes, France-Intériens, faites comme moi. N'allez plus au cinéma. C'est nul. Écoutez la radio.

Présentations

30 mai 1986

Triste époque.

Sale temps pour le baisemain.

Y a du laisser-aller dans la pratique du savoir-vivre.

Depuis qu'on baise avant de se dire bonjour, les bonnes manières ont pris comme un coup de vieux.

Il n'y a plus de vraies jeunes filles. Nos demoiselles ne font plus de révérences qu'à cul nu, dans l'attente de quelque hommage postérieur.

Il n'y a plus de gentleman. *A gentleman is a man who can play the bagpipe and who does not.* « Un gentleman, c'est quelqu'un qui sait jouer de la cornemuse et qui n'en joue pas », affirme un dicton anglais complètement suranné.

Les gentlemen d'aujourd'hui ne savent pas jouer de la guitare électrique et ils en jouent.

On ne sait plus se tenir dans les soirées mondaines.

De mon temps, on n'aurait jamais osé arriver à un

dîner les mains vides. Je me rappelle les petits soupers chez le duc et la duchesse de Windsor, à Boulogne, où j'avais mes entrées dans les années 70 – une commune admiration pour l'œuvre inachevée du chancelier Hitler et pour les pages couleurs de *Jours de France* nous avait rapprochés.

Eh bien, j'arrivais chaque fois avec – comme on dit – un petit quelque chose. Je connaissais les goûts de la duchesse. Je savais que rien ne pouvait lui faire plus plaisir qu'un peu d'argent. Et puis c'était original. Au lieu de me pointer avec une botte d'anémones ou une bouteille de mousseux, j'attendais qu'elle ouvrît la porte et, croyez-moi, quand je lui tendais mes trois billets de 50 francs en lui baisant la main, je faisais mon petit effet.

(Avec l'accent anglais :) « Oh ! Pierre ! Grand fou ! Qu'est-ce que vous m'apportez là ? minaudait-elle en secouant gracieusement ses fanons pour faire envoler ses pellicules. 150 francs ! C'est trop ! Il ne fallait pas. – Édouard ! criait-elle à l'intention du vieil abdiqué gonflable qui se biodégradait sur un grabat doré. Édouard, regardez ce que Pierre nous a apporté !

– *(Avec l'accent vieil-anglais :)* 150 francs ! Pierre, c'est trop, il ne fallait pas », s'écriait le vieillard.

Alors, bien sûr, par délicatesse, pour ne pas les blesser, je reprenais 50 francs.

Mais ce sont des coutumes qui se perdent. Comme tant d'autres, hélas !

Avez-vous remarqué combien les gens sont malhabiles et empruntés, de nos jours, face au rituel pourtant simplissime qui consiste à présenter ses amis les uns aux autres au début d'une soirée ?

Naguère, l'on disait, par exemple : « Monsieur le Grand Rabbin, permettez-moi de vous présenter Monsieur Jean-Marie Le P… » Non c'est un exemple idiot. « Monsieur le ministre de l'Intérieur, permettez-moi de vous présenter Monsieur Mémé Guéridon. Cher Mémé Guéridon, permettez-moi de vous présenter monsieur le ministre de l'Intérieur… »

Parfois, l'on précisait discrètement la fonction des invités que l'on présentait, afin, bien sûr, de permettre aux gens de se reconnaître des affinités et d'engager ainsi, parfois, de passionnants débats.

« Cher Monsieur Jacob Delafon, permettez-moi de vous présenter Monsieur Michel Coluche, des Restaurants du cœur. Cher Monsieur Michel Coluche, permettez-moi de vous présenter Monsieur Jacob Delafon, des cabinets du cul », etc., etc.

Sans jouer à proprement parler les entremetteuses, il n'était pas rare qu'une maîtresse de maison particulièrement intuitive fût à l'origine de quelque idylle dont elle savait encourager l'éclosion par de subtiles allusions au moment de présenter l'un à l'autre deux jeunes gens paralysés de timidité qui ne se fussent jamais risqués à s'avouer leur tendre penchant :

« Lieutenant, je suis particulièrement heureuse de vous présenter Isabelle-Clarisse du Gué de La Gitonnière, ancienne pensionnaire des Sœurs de Chavagnes à Nantes, qui vient d'obtenir le prix Ludmilla-Tcherina pour son grand écart dans le final du *Lac des cygnes* sur gazon.

Isabelle-Clarisse, je vous présente le sous-lieutenant Bernard-Henri Bilboquin, qui aime bien être en dessous. »

Hélas, tout cela, c'est le passé. Nos us et coutumes ne sont plus de mise, la bienséance ne vole guère plus haut qu'un projet Challenger, les jeunes dans leurs boums se saluent pour la première fois avec une consternante désinvolture : « Un copain, une copine, une copine, un copain. Une copine, une copine, une copine, une copine. Un copain, un copain, un copain, un copain. »

Tout fout l'camp.

Doris

2 juin 1986

Dans une chronique qui se veut haineuse dès son intitulé, il était fatal que je rendisse un jour ou l'autre hommage à monsieur Pierre Doris, à qui nous devons d'avoir été le premier en France à oser expectorer en public les miasmes hilarants de l'humour le plus noir, à une époque où les quelques pitres notoires qui s'en nourrissent aujourd'hui tétaient encore le fiel dans les petits pots Blédina.

Je ne suis pas peu fier d'avoir deux points communs avec Pierre Doris.

D'abord, ces initiales infamantes qui ont fait pouffer autour de nous des générations d'imbéciles, depuis la maternelle jusqu'à la semaine dernière, en passant par le service militaire et les banquets de famille.

Et puis nous collectionnons l'un et l'autre toutes les formes possibles de représentation du cochon. Nous avons dans nos vitrines des cochons de bois, de marbre ou de porcelaine, faits main ou usinés, inertes ou animés, anciens ou contemporains, parfois en provenance des antipodes où les plus attentifs de nos amis les dénichent à prix d'or dans des marchés aux puces zoulous ou swazilandais. Il faut noter au passage que le cochon est un animal fort attachant. Il offre de nombreux points de comparaison avec un autre mammifère immonde et sans poils passé expert en l'art de semer sa merde et de se vautrer dedans, et que nous appellerons Momo Sapiens en hommage à Maurice Chevalier qui a beaucoup fait pour l'amitié franco-allemande à une époque où de Gaulle lui-même n'y avait pas encore pensé.

Cependant, de nombreuses différences morphologiques ou de comportements permettent au plus demeuré des tueurs des halles de discerner du premier coup d'œil un cochon de base d'un employé aux écritures moyen.

Le cochon marche le plus souvent à quatre pattes en grognant des borborygmes vulgaires et incompréhensibles.

L'employé aux écritures ne se conduit ainsi qu'en période de rut extrême, pour marquer son attachement à la pétasse zoophile de son choix. Par ailleurs, quand l'employé aux écritures patauge dans la gadoue, c'est souvent pour le plaisir, alors que le cochon ne s'y résout que contraint et forcé par l'employé aux fourches et fumier qui n'est autre que le sosie rural de l'employé aux écritures. Enfin, le cochon renâcle aux portes de l'abattoir, alors que l'employé aux écritures ou aux fourches monte à Verdun en chantant, ce qui prouve une fois de plus la supériorité absolue de l'espèce humaine dans le règne animal.

En Extrême-Orient, les gens mangent du chien et leurs cochons s'appellent Kiki. En Occident, c'est le contraire, ce qui prouve une fois de plus la supériorité absolue des Occidentaux, dans le règne animal également. Les musulmans ne mangent pas de cochon. « Ils ne savent pas ce qu'ils perdent », me faisait remarquer l'autre jour sur le marché de Chatou un adorable charcutier barbu qui m'a redonné goût à la vie grâce à son travers de porc qu'il vend cru, pour le barbecue, après l'avoir fait mariner une longue nuit dans un mélange d'huile d'olive et de vin de bordeaux relevés de thym, de sauge et de laurier… C'est presque aussi bon qu'une bavette de vache sacrée aux échalotes.

Pierre Doris n'est plus un tout jeune homme.

Pourtant il continue, entre deux théâtres et deux télés où sa présence parfois peut nous faire oublier Raimu, à polluer de sa verve massacrante et anglo-rabelaisienne les rares vieux cabarets qui subsistent en Europe francophone après l'invasion des cucultureux soixante-huitards.

Quand j'étais étudiant, je claquais tout mon argent de poche à entraîner nuitamment des connes lettrées à L'Échelle de Jacob, au Port du Salut ou à la Galerie 55 pour aller me subjuguer les neurones à sarcasmes sous l'éclat ravageur des horreurs salubres que Pierre Doris rugissait en rafales au-dessus de nos Coca-rhum. Quand le rideau retombait sur cet homme d'élite, il était trop tard pour que la conne lettrée pût encore décemment tomber la culotte, mais qu'importait, j'avais pris mon pied dans ma tête. Souvent, près de la sortie, sur un tabouret de bar, on pouvait voir madame Doris, une femme très douce et très charmante, qui attendait son bonhomme en lui tricotant des pull-overs pendant qu'il la traitait plus bas que fosse septique. Ils repartaient bras dessus bras dessous dans la nuit, c'était joli.

Un jour, Pierre Doris est parti au Kenya pour chasser le gorille. Il adore le gorille Melba à la crème de coco.

Je l'ai croisé quelques semaines plus tard sur les Champs-Élysées. Il avait l'air tellement abattu que j'ai cru un instant qu'il avait maigri.

« Mon Dieu, Pierre, comme vous avez l'air sombre ! n'ai-je pu m'empêcher de constater.

– Ah, m'en parlez pas, mon pauv' Pierre. Je rentre du Kenya. Ma vie est foutue. Je suis un homme fini.

– Alors, secouez-vous, qu'est-ce qui se passe ? C'était pas bien, le Kenya ?

– Si, si. Mais ma vie est foutue. Je suis un homme fini.

– Vous n'avez pas trouvé de gorille ?

– Si, si. Mais ma vie est foutue.

– Enfin, quoi, qu'est-ce qui s'est passé ?

– J'ai rencontré un gorille. Un énorme mâle. Superbe. Je tombe nez à nez avec lui, sous un ficus sirupeux géant. J'épaule. Je tire. Je le rate. Ma vie est foutue.

– Reprenez-vous, mon vieux. C'est pas grave. Il ne vous a pas blessé au moins ?

– Non, non. Il s'est jeté sur moi. Il m'a arraché mon fusil. Il l'a cassé en deux sur son genou. Ma vie est foutue.

– Tout ça pour un fusil ? Y a vraiment pas de quoi tomber en déprime.

– Mais c'est pas ça. Vous n'y êtes pas du tout. Après qu'il eut brisé mon fusil, il m'a... il m'a enlacé. Il m'a retourné, et il m'a...

– Non !

– Si, si. Ma vie est foutue.

– Oui, bon, évidemment, c'est fâcheux. Mais cette... étreinte n'a rien d'infamant pour vous. C'est un... un accident de chasse, c'est tout. Un accident de chasse original, mais Diane de Poitiers a vu pire le jour où elle a croisé Bambi dans le parc de Chambord...

– C'est une légende. Le gorille et moi, c'était la réalité. Ma vie est foutue, vous comprenez. Lui, il a sa vie là-bas, moi j'ai mes occupations à Paris. Ma vie est foutue... »

C'est une histoire vraie. C'est le gorille qui l'a racontée.

Le bac

3 juin 1986

Jeunes gens de France, demain matin commencent les épreuves du baccalauréat.

Jeunes gens de France, n'y allez pas, ça ne sert à rien.

Les diplômes sont faits pour les gens qui n'ont pas de talent. Vous avez du talent ? Ne vous emmerdez pas à passer le bac. Allez aux putes ou à la piscine Deligny, c'est pareil.

Est-ce que je l'ai, le bac, moi ? Non. Et alors ? Est-ce que j'ai l'air d'être dans la misère ? Vous avez vu la taille de ma bagnole ?

Dans le groupe Indochine, personne n'a le bac. Est-ce que ça les a empêchés de s'affirmer en tant que cornes de brume ?

« Le bac, ça permet de voir du pays », disait Balavoine. Vous avez vu où ça l'a mené…

Jeunes Françaises, jeunes Français, restez chez vous. Boycottez le bac. Prenez un papier et un crayon. Je vais vous donner les sujets de première et de philo.

Qui a dit : « Quand un philosophe me répond, je ne comprends plus ma question » ?

Voici une liste d'animaux : chien, chat, vache, canard, rossignol-fouille-merde, orang-outang, mouton porte-clés, cochon.
Voici maintenant une liste de cris d'animaux. Savez-vous redonner à chacun ce qui lui est dû ?
Ouah, miaou, meuh, coin-coin, tireli-tirela-tirela j'te dis, honk honk, coucou, bêêê, I love you, crooïnk...

La ligne droite est le plus court chemin d'un point à un autre (à condition que les deux points soient bien en face l'un de l'autre). Quelle est la définition de la ligne gauche ?

Tout le monde sait que les travaux d'Hercule étaient 12. Mais savez-vous combien étaient les parents de Lamartine ?

Qui a dit : « Je plains les gens petits. Ils sont les derniers à savoir quand il pleut » ?

Dans l'Évangile selon saint Luc, comment l'auteur appelle-t-il les Rois mages ? Répondez par A, B ou C : A ? B ? C ?

Sylvie va au marché. Elle a 165 francs dans son porte- monnaie. Elle achète 9 laitues à 3,20 francs et 14 laitues à 3,10 francs. Est-ce bien raisonnable ?

Un passeur doit faire traverser une rivière à des passagers bien encombrants. Il y a là une chèvre, un chou, un loup, un orang-outang et Charlotte Rampling. Notre passeur est bien embêté : sa barque est fort légère. L'étanchéité a été vérifiée à Tchernobyl. Il ne peut donc pas transporter tout ce petit monde en une seule fois sans risquer de couler. Il doit donc effectuer plusieurs voyages. Mais il ne peut laisser la chèvre seule avec le chou et emporter le loup, l'orang-outang et Charlotte Rampling. Car la chèvre, restée seule avec le chou, brouterait le chou.

Il ne peut pas non plus laisser le loup avec la chèvre. Car le loup brouterait la chèvre.

Tout ceci, chers petits amis, est bien embêtant.

Parmi ces quatre prénoms, un seul n'est pas ridicule. Dites lequel : *Bernard-Henri, Rika, Pierre, Jean-Edern ?*

Dans cette liste de mots, cherchez l'intrus : *métastase, Schwartzenberg, chimiothérapie, avenir.*

Un train, parti de A à 8 h 19, roule vers B, qui est situé à 129 kilomètres de A, à une vitesse moyenne de 117 kilomètres / heure. Dites pourquoi.

Dans l'Évangile selon saint Matthieu, comment l'auteur appelle-t-il les rois mages : *les babouches nickelées, les Ripolins du désert, les Bougnoules de Dieu*?

Un sourd répond au nom de Christian. Là encore, est-ce bien raisonnable ?

Et maintenant, pour finir en beauté, voici les trois sujets de philo qui seront proposés demain matin aux élèves de la zone A :

1) Sans la liberté de censure, c'est l'oppression qu'on bâillonne.

2) L'évolution de la pensée présituationniste entre l'école hégélienne et le négativisme de l'infrastructure néo-nietzschéenne a-t-elle inconsciemment ou non influencé la carrière de Raymond Poulidor ?

3) En tant que voie d'accès à l'émancipation morale sans prise de conscience structurale au niveau du vécu libertaire, peut-on admettre que l'application de la liberté sexuelle dans les étables ougandaises est la porte ouverte à tous les zébus ?

Figeac

5 juin 1986

Tous ces gens qui font des métiers publics sont des vendus. Manu Dibango lui-même n'est pas blanc-blanc.

En ce qui me concerne moi-même personnellement dans mon ego tout seul en tant qu'individu isolé moi-même, je suis prêt à faire mon vélo-critique (je n'ai pas de permis de conduire).

Je le reconnais : je touche des pots-de-vin. Des grands pots de grands vins. Il faut me comprendre : on a beau avoir sa dignité, être un homme d'honneur et de probité, c'est-à-dire un homme qui refuse de se faire sodomiser à moins de 50 000 francs hors taxe la passe, il arrive que parfois le chant des sirènes se fasse trop envoûtant.

Je vous narre, parce que vous me faites narrer.

Il y a quelques semaines, j'ai fait allusion ici, en toute innocence, à l'un des plus grands vins de France et donc du monde. Ce ne sont pas les Austro-

Italiens méthanolisés ni les Californiens avec leur cabernet à cautériser les écorchures qui oseront me contredire. Il s'agissait de Château-Figeac, premier grand cru classé de Saint-Émilion, dont je célébrais étourdiment les mérites tout en fustigeant une connasse aquaphile de mes relations que j'avais vu mettre de l'eau dedans.

Une semaine plus tard, j'ai reçu, par le biais des PTT (une société qui s'occupe éventuellement d'acheminer parfois le courrier, on a trop tendance à l'oublier, la preuve : il m'est encore parvenu, pas plus tard qu'hier, une facture de 5 000 balles de téléphone), j'ai reçu, disais-je, avant d'être grossièrement interrompu par moi-même pour une digression sournoisement chargée d'hostilité à l'encontre d'un service public méritant et sans lequel on ne saurait où trouver ces indispensables calendriers avec des photos de bébés chats couchés sur des poufs, poufs – j'ai reçu donc une lettre de Saint-Émilion qui commençait par la plus alléchante des entrées en matière : « Château-Figeac, le… »

Ça disait en substance que ma façon désinvolte de célébrer souvent les mérites de ce breuvage sur les ondes – car hélas, non, mon père, ce n'était pas la première fois – n'était pas tombée dans l'oreille d'un buveur d'eau, mais dans celle de monsieur Thierry Manoncourt, le propriétaire du cru, qui me proposait d'aller visiter ses chais, ce qui n'est guère compromettant, mais aussi de m'envoyer un cadeau, ce qui l'est foutrement plus. Mais il y a pire. Si vous vous étiez contenté, cher Monsieur Manoncourt, de m'imposer votre cadeau en me l'envoyant à France-

Inter par la poste – c'eût été sans danger, vous savez bien que vos vins ne demandent qu'à vieillir dans des wagons de bois ombragés –, vous m'eussiez mis devant le fait accompli. Je n'aurais en rien participé à l'inadmissible corruption que vous avez cyniquement perpétrée au détriment de mon honneur bafoué dont les ultimes sursauts surnagent désormais au caniveau d'infamie où vous l'avez jeté pantelant. Mais non. Au lieu de cela, vous me demandiez où vous pourriez m'adresser le fruit défendu de notre crime commun.

De deux choses l'une.

Ou bien je ne vous répondais pas. Fier et serein, inébranlable dans ma vertu, pur et dur face à l'âpreté du destin, je restais alors seul au monde avec ma dignité pour moi, sur le chemin escarpé de la félicité éternelle, sans autre intermédiaire entre Dieu et moi-même que ce verre de Contrexéville où j'eusse en vain tenté de noyer mon chagrin. (Il est beaucoup plus difficile de noyer son chagrin dans un verre de Contrex que d'étouffer l'affaire Greenpeace dans un sourire de Fabius.)

Ou bien je cédais. Je vous répondais par retour, la honte au front et la fierté sous le bras, m'abaissant à mille salutations empressées et mille remerciements émus pour votre exquise générosité, en vous communiquant mon adresse, l'étage, le numéro de code, le nom et le prénom de la concierge en cas d'absence à l'heure des repas, et en y joignant une photo de moi dédicacée afin que vous ne vous trompiez pas de client, et un exemplaire d'un de mes livres avec un signet à la page où j'ai cité plusieurs fois le nom de Figeac, et une photo de la mère de mes enfants à la plage, on ne sait jamais.

Finalement, j'ai trouvé une solution intermédiaire, cher Monsieur Manoncourt. Je vous ai adressé la lettre suivante, sur papier à en-tête de chez moi :

> *Cher Monsieur,*
>
> *Votre lettre me plonge dans l'embarras. Je comprends fort bien dans quel esprit vous me proposez (chaleureusement) un cadeau. Mais ne serais-je point vénal en l'acceptant ?*
>
> *D'autre part, s'il est vrai que je ne mange pas de ce pain-là, j'aurais du mal à vous convaincre que je ne bois pas de ce vin-ci.*
>
> *Tout bien réfléchi, il ne m'apparaît pas que l'homme puisse se compromettre en acceptant de partager le vin avec autrui. Ce n'est pas Dieu qui me contredira : si le sang de son fils avait été du Figeac, je n'aurais jamais sombré dans l'athéisme.*
>
> *Veuillez agréer, etc.*

À quelque temps de là, monsieur le maître de chais de Château-Figeac m'annonçait qu'il avait l'avantage de me prévenir de l'imminence de l'arrivée chez moi d'une caisse de vin, de la part de monsieur et de madame Manoncourt.

Le colis est là. Dans ma cave. En assez bonne compagnie, je crois. Il s'apaise au frais pour quelques jours encore : on ne se jette pas sur une femme épuisée d'un long voyage en train. On attend qu'elle se soit reposée, allongée seule dans le noir, avant de la soulever par le cou pour y poser la bouche. Que les expéditeurs de cette caisse en bois trouvent ici l'expression de ma gratitude, et qu'ils veuillent bien ne lire, entre les lignes de cette lettre ouverte sans leur accord, qu'un sourire de bonne compagnie tombé des lèvres gourmandes d'un amoureux transi, modeste mais éperdu, pour les inestimables splendeurs aspirées des graves terres volcaniques que charrient l'Isle et la Dronne jusqu'aux bords de votre village où la famille Figéacus faisait déjà son vin en l'an 300, c'est-à-dire plus de 1 600 ans avant que les pharmacologues de chez Coca-Cola aient essayé en vain de détourner les meilleurs d'entre nous des vignes du Seigneur pour leur faire siphonner leur portion merdique.

Sur le collier du chien

9 juin 1986

Malgré les flots de bave haineuse dont je ne cesse de les enduire à longueur d'antenne, les jeunes s'obstinent à affluer à ces enregistrements en plus grand nombre que les rares et sympathiques vieux cons qui m'honorent chaque semaine ici de leurs chaleureux et ultimes tremblements prégrabataires.

C'est à se demander si ces étourneaux d'adolescents, frémissant d'enthousiasme et cloqués d'acné, ne croient pas que je plaisante quand je leur dis que je les hais.

Tenez. Pas plus tard que lundi dernier, l'un d'eux, de sexe mâle, enfin, c'est le bruit qu'il colporte, a tenu à m'embrasser à la fin de la séance.

J'avais, au reste, décelé en ce garçon des trésors d'amour enfouis sous les bubons et un rien de servilité dans l'ardeur qu'il mettait à dire *Pouf, pouf* les autres entre deux boutades.

Après que je lui eus consenti une dédicace pittoresque et désopilante sur la page de garde d'un livre dont on m'attribue la paternité, il m'a prié de lui accorder un autographe au feutre noir sur sa chemise blanche, ce que je fis, l'élevant ainsi à un paroxysme dans la dévotion qui le poussa à me briser les doigts. J'attendais qu'il me suppliât de lui donner ma bénédiction, quand un autre jeune homme, encore plus courbé, est venu l'interrompre pour une requête particulière qu'il m'énonça d'une voix troublée par l'émotion, en joignant les mains comme une pietà traumatisée devant la résurrection de son petit dernier.

« Je suis élève de l'École supérieure des ingénieurs électroniciens. À chaque fin d'année, nous donnons une grande fête. Le clou de la fête est l'apparition d'un personnage hors du commun, en tout cas inhabituel, original, pour présider notre banquet. »

Je le voyais venir, en même temps que se précisait en moi la sensation fugace que j'ai parfois de ne pas être n'importe qui. J'arborais, inconsciemment, ce délicat sourire sardonique en demi-teinte qui avait fait le succès de Dominique Paturel dans *Les Valseuses ridicules* de Molière.

« Poursuivez, jeune homme, poursuivez.

– Eh bien voilà. Monsieur Desproges, l'année dernière, on a eu une pute. Cette année, on aimerait que ce soit vous. »

Pouf, pouf.

Une auditrice de Tassancourt, madame Béatrice Fay, me demande pourquoi je ne passe jamais de disque d'Édith Piaf dans cette émission.

Si vous écoutiez plus souvent ces chroniques au lieu de vous faire lutiner dans les banlieues agricoles, Madame Béatrice Fay, vous auriez pu constater, de vos propres oreilles, que cette émission ne comporte aucun autre enregistrement que celui de ma propre voix, et accessoirement de celle d'une poignée de désœuvrés qui se réveillent par éclipses en faisant tous *Pouf, pouf.*

En dehors du générique dû au très talentueux Paolo Conte, nul autre son musical ne vient souiller l'antenne.

J'en profite pour vous signaler que « Les Chroniques de la haine ordinaire » et le bulletin météo sont les seules émissions de radio ne comportant pas de rires ni d'applaudissements enregistrés. C'est pourquoi personne ne rit ni n'applaudit jamais !

Pouf, pouf.

La situation internationale, nationale, départementale, communale, vicinale même insiste à ce point dans l'ubuesque qu'elle me remet en mémoire quelques lignes désespérées de Jean-Edern Eluard, le neveu trisomique de Paul :

Sur le collier du chien que tu laisses au mois d'août
Sur la vulgarité de tes concours de pets
Sur l'étendard nazi et sur le drapeau rouge
Sur la rosette au coin du vieillard officiel
Sur les blousons kaki, sur les képis dorés
Sur le cul blanc des féministes

Sur le mandrin des misogynes
Sur le béret obtus des chauvins aveuglés
Sur la croix des cathos, le croâ des athées
Sur tous les bulletins et sur toutes les urnes
Où les crétins votants vont se faire entuber
Sur l'espoir en la gauche
Sur la gourmette en or de mon coiffeur de droite
Sur la couenne des connes aplaties sur les plages
Sur l'asphalte encombré de cercueils à roulettes
Sur les flancs blancs d'acier des bombes à neutrons
Que tu t'offres à prix d'or sur tes impôts forcés
Sur la sébile humiliante et dérisoire
Qu'il faut tendre pourtant à tous les carrefours pour aider à freiner l'ardeur des métastases
Sur le mur de la honte et sur les barbelés
Sur les fronts dégarnis des commémorateurs
Pleurant au cimetière qu'ils ont eux-mêmes empli
Sur le petit écran qui bave encore plus blanc
Sur l'encéphalogramme éternellement plat
Des musclés, des Miss France et des rockers d'enfer
Sur l'étendard vainqueur de la médiocrité
Qui flotte sur les ondes hélas abandonnées
Aux moins méritants des handicapés mentaux
Sur la Bible et sur Mein Kampf
Sur le Coran frénétique
Sur le missel des marxistes
Sur les choux-fleurs en trop balancés aux ordures

Quand les enfants d'Afrique écartelés de faim
Savent que tu t'empiffres à mourir éclaté
Sur le nuage
Sur la lune
Sur le soleil atomique
Sur le cahier d'écolier de mes enfants irradiés
J'écris ton nom
HOMME

Coquilles

11 juin 1986

Dans une récente chronique, je faisais allusion à la vie lamentable de monsieur Raymond Lepetit, responsable de la rubrique « La Solution du jeu des 7 erreurs » aux *Échos de la Fouillouse*, et à sa consœur et co-championne en obscurantisme plumitif, madame Geneviève Portafaux, cheftaine de la rubrique « Erratum » au *Réveil du Pas-de-Calais*.

Ancien secrétaire de rédaction dans plusieurs journaux parisiens il y a une vingtaine d'années, monsieur Francis Céchulle, de Ville-Goye, m'écrit pour me mettre le nez dans mon inculture en matière de coquilles journalistiques :

> *Savez-vous seulement d'où vient ce mot :* coquille *? s'enquiert-il. Le 19 avril 1911, dans un article du* Journal officiel de la République *concernant les nouvelles réglementations en*

> *vigueur dans le commerce des œufs de poules, il était stipulé que « quels que soient leurs calibres, les couilles devaient être propres et exemptes de duvet au moment d'être exposées à l'étalage ».*
>
> *Vous aurez compris que la lettre* q *du mot* coquille *avait disparu au moment de l'impression du journal,*

ajoute mon correspondant, dont l'excellente lettre se perd un instant dans les méandres vaseux d'une regrettable grossièreté, avec digressions oiseuses sur la désolation des *q* oubliés sur le marbre.

> *Toujours est-il que le mot* coquille *était né.*
>
> *La plus célèbre des coquilles,* poursuit monsieur Céchulle, *revient à un journal de province qui publia, il n'y a pas si longtemps, un erratum relatif à un important article concernant le conflit social entre les patrons de pêche et les marins-pêcheurs de plusieurs ports de la côte Atlantique. Dans son édition de la veille, ce journal avait titré :*
>
> *« Pêcheurs de poules. C'est la trêve. »*
>
> *On rectifia le lendemain, en caractères encore plus gros :*
>
> *« Lécheurs de moules. C'est la grève. »*

Que des coquilles se glissent dans les entrefilets de pêche, c'est la moindre des choses. Mais l'encyclopédique monsieur Céchulle se souvient-il de celle, énorme, qu'on cite encore en exemple de ce qu'il ne faut pas faire dans les meilleures écoles de journalisme ?

Au début de l'automne 70, un journal américain, tirant à plus d'un million d'exemplaires, avait publié une double page centrale en couleurs sur le thème « Sachez reconnaître les champignons ». Il y avait vingt champignons vénéneux sur la page de gauche, et vingt champignons comestibles sur la page de droite.

Un grouillot primesautier avait étourdiment interverti les légendes sous les bons et sous les mauvais. Les lecteurs survivants avaient bien ri.

Dans la journée, le jeune employé de banque Christophe Graves, de Tombstone (Texas), passe aussi inaperçu qu'un homard flambé dans un Restaurant du cœur. Mais que tombe la nuit et voici qu'il se déchaîne et se métamorphose en Superman de l'inutile.

Dans la nuit du 6 au 7 mai 1984, il a battu le record mondial des promenades cul par-dessus tête en réalisant 7 400 galipettes sur une distance de 21 kilomètres.

Dans la nuit du 9 au 10 novembre de la même année, il a parcouru 37 kilomètres avec une bouteille de lait sur la tête, en 6 heures 12 minutes et 23 secondes.

Dans la nuit du 14 au 15 juillet 1985, il a gobé 47 œufs durs en 2 heures 31 minutes et 40 secondes.

Dans la nuit du 4 au 5 mai dernier, enfin, il a mangé son vélo en 5 heures 17 minutes, battant ainsi son propre record de la nuit du 2 au 3 janvier au cours de laquelle il avait mis plus de 6 heures à bouffer celui de sa femme.

Laquelle a fini par se barrer dans la nuit du 10 au 11 mai avec un grand Nègre qui l'a prise sept fois en 3 heures 20 minutes et 52 secondes, sans bouger les oreilles.

Plus encore que de sexe, l'homme a besoin de se frotter à la nature.

C'est au contact de la nature que j'ai toujours trouvé en moi la source de cette inspiration, dont l'exquise envolée subjugue aujourd'hui la plupart de mes beaux-frères.

Je vais au cœur des forêts où la biche brame quand on l'étreint.

Je m'assieds au bord des routes pour voir passer le courageux hérisson crève-pneu.

Et quand mes activités m'empêchent de quitter la ville, je vais flâner au Luxembourg pour écouter tousser les oiseaux.

Villon, en son temps, chantait déjà la nostalgie de la nature qui monte au cœur du citadin enfermé dans ses murs :

Oncques ne vit biches au bois
Oncques n'eut faucon sur mes doigts
Oncques guenon ne caressoie
Oncques, oncques, oncques.

Ah Nature… l'écho, l'échoco, l'écologie…

C'est au plus profond du maquis sarde que j'ai couché mes plus belles pages. La Sardaigne, c'est beau comme la Corse sans les Corses et sans les Parisiens.

J'eus un grand choc bucolique l'été dernier, à quelques lieues de Cagliari.

À l'heure supportable de la tiédeur du levant, où l'on peut encore arpenter la caillasse sans se brûler l'espadrille, j'étais allé renifler le matin sous les eucalyptus.

Un berger m'est apparu au détour d'un buisson. Noir dans son coutil écorché, plié en deux sur un tabouret bas, il était en train de traire une grande brebis maigre aux yeux éteints d'agate usée dont la laine clairsemée se hérissait de chardons mauves épilés aux chemins morts.

Comme il me tournait le dos, je ne voyais de cet homme éternel que la nuque de tortue craquelée sous la casquette.

Il ne m'entendit pas approcher, et n'interrompit pas le chant qu'il psalmodiait au rythme millénaire de ses doigts sur le pis :

We are the world
We are the children…

Il chantait pour l'Éthiopie et, de son sabot de bois usé, frappait la cadence en se vrillant le pied de droite et de gauche, comme dans le clip vidéo.

Non compris

12 juin 1986

Je me heurte parfois à une telle incompréhension de la part de mes contemporains qu'un épouvantable doute m'étreint : suis-je bien de cette planète ?

Et si oui, cela ne prouve-t-il pas qu'eux sont d'ailleurs ?

Et quand je dis « qu'eux », je pense à Fernande, certes, mais pas seulement à elle. Tous et toutes me sont étrangers. Mon crémier, mes enfants, Bernard Tapie, Platinouille ou MacEnrotte, la speakerine d'Antenne 3 ou Paul Bocuse ne sont pas de mon univers. Je n'arrive qu'au prix d'efforts surhumains à m'intéresser aux faits et gestes de la grande-duchesse de Luxembourg.

Même Marguerite Duras, la papesse gâteuse des caniveaux bouchés, m'ennuie. Ce n'est pourtant pas la moitié d'une conne puisqu'elle fait le même métier que Max Gallo. Mais j'ai beau me plonger et me replonger dans les feuilletons de cul à l'alcool de rose de cette apologiste sénile de l'infanticide, ça m'emmerde autant que l'annuaire du Lot-et-Garonne.

Si encore cette incompréhension jouait à sens unique. Mais hélas, je soupçonne madame Duras de ne pas lire mes livres et Paul Bocuse de ne pas écouter ces chroniques. Il n'est pourtant pas sourd de se trop masturber. Un grand maître queux de cet acabit, ça ne branle que du chef ou du batteur à œufs. Encore que celui-ci fait battre ses œufs par ses poules. S'il était aussi souvent à ses fourneaux qu'à la télé, on ne l'appellerait pas « le Schwartzenberg des queues de poêle ».

Ce matin encore, j'ai été frappé par cette incompréhension réciproque entre les humains et moi. J'étais allé avec ma femme acheter quelques bouteilles de vin au cœur du vieux Bercy, chez un petit négociant qui vous fait goûter ses crus avec un quignon de pain et une rondelle de saucisson. D'ailleurs, je ne comprends pas qu'on achète du vin sans l'avoir goûté au préalable.

Il ne viendrait à personne l'idée d'acheter un pantalon sans l'essayer avant. Alors, Dieu me tire-bouchonne, ne refusez pas à votre bouche ce que vous accordez à vos fesses.

Le marchand habituel était absent. Je ne connaissais pas son remplaçant. J'ai deviné d'emblée que nous ne nous comprendrions pas. Il avait un béret et le dernier bouton du haut de son polo était fermé. Je ne comprends pas qu'on puisse porter un béret et qu'on ferme le dernier bouton du haut de son polo.

« Bonjour Messieurs-Dames ! » nous a-t-il lancé.

Je ne comprends pas qu'on dise : « Bonjour Messieurs-Dames. »

Je lui ai demandé, le plus poliment, le plus délicatement possible, de retirer ces paroles, d'ôter son béret et de déboutonner son bouton du haut, mais c'est alors que j'ai compris, une fois de plus, que l'incompréhension jouait dans les deux sens. Je l'ai deviné au ton légèrement agacé qu'il a pris pour me dire : « Et pour Monsieur, qu'est-ce que ce sera ? »

Pourquoi n'avait-il pas dit : « Qu'est-ce que c'est » ?

Pourquoi employait-il le futur ?

Pourquoi nous projeter ainsi dans l'avenir, en pleine science-fiction ?

Je suis d'une autre planète, vous dis-je.

« Je voudrais du vin, finis-je par avouer.

– Du vin pour tous les jours ? »

Pourquoi avait-il dit : « Du vin pour tous les jours » ?

Pourquoi ? Pourquoi ? Pourquoi ?

Voulait-il exprimer qu'il avait également en stock des vins pour un jour sur deux ? Des vins pour toutes les nuits ? N'avais-je pas décelé un soupçon d'animosité dans le ton de cet homme ? Si je lui avouais que je buvais du vin tous les jours, n'allait-il pas appeler la police ? J'essayais de rester calme, pour ne pas affoler Syphillos qui s'agrippait à mon bras. (Ma femme s'appelle Syphillos. Je le souligne à l'intention du tourneur-fraiseur qui tourne autour. Pourquoi les fraiseurs tournent-ils ? Pourquoi les tourneurs fraisent-ils ? Pourquoi ?)

« Oui, Monsieur, je voudrais du vin pour tous les jours. »

J'en profitai pour lui expliquer, avec ménagement, que j'avais pris l'habitude de consommer du vin même le mardi.

« Tenez, c'est comme cette dame, pour vous donner un exemple : c'est ma femme pour tous les jours, n'est-ce pas ? »

Alors lui :

« Ah mais y fait ce qu'y veut. Tiens, pour tous les jours, y n'avons une petite côte de Duras qu'a de la cuisse. Y sera pas déçu. Et pour le dimanche, y veut rien ? »

Cet après-midi, j'ai voulu m'offrir un bouquet de fleurs pour tenter de me consoler de ce perpétuel fiasco dans mes rapports affectifs avec ce qu'il me faut bien appeler mes semblables. Car enfin nous avons le même nombre de jambes, le même nombre de bras, le même nombre d'oreilles, le même nombre d'yeux.

La fleuriste était du genre noiraude et trapue, courte-cuisse et velue du mollet. Sur ses joues était écrit : « I love the Lot-et-Garonne. » J'aurais dû me méfier.

« J'ai faim. Je suis d'Agen, me dit-elle. Le patron s'appelle Bruno, mais il est pas là. Qu'est-ce que vous voulez ?

– Une douzaine de tulipes, s'il vous plaît.

– C'est pour offrir ? »

« Qu'est-ce que ça peut te foutre, boudin », pensai-je avec une certaine retenue dans l'élégance du verbe.

Pourquoi ? Pourquoi cette femme tentait-elle de s'immiscer dans ma vie privée ?

« Non, non, Mademoiselle, c'est pour moi. »

Elle enrobe les fleurs dans une feuille de journal et dit :

« C'est 32 francs.

– Oui. Bon. Voilà. Mais vous ne pourriez pas me les envelopper un peu plus joliment, ces tulipes ?

– Y m'a dit que c'était pas pour offrir…

– Non, en effet, Mademoiselle. Ces fleurs sont pour moi. Je pensais cependant mériter de votre part les mêmes égards que vous eussiez montrés pour ma marraine. Mais, bon, tant pis ! Adieu, Mademoiselle. Nous ne sommes pas faits pour nous comprendre. »

Pourquoi ? Pourquoi ? Le seul être qui m'ait un peu rasséréné fut le boucher. Je lui ai pris un steak haché. Il m'a demandé si c'était pour offrir. J'ai dit que non, que c'était pour moi. Il m'a quand même mis deux très jolis papiers autour.

Coco-Bello

14 juin 1986

Chaque fois qu'il m'est donné de croiser le regard éperdu d'amour d'un chien sans inquiétude, chaque fois que mon gros chat noir prétentieux vient se coller à ma cuisse en me ronronnant ses désirs de caresses érotiques, chaque fois que le vieux percheron de labour en retraite qui finit sa vie paisible dans un champ près du mien s'en vient dodeliner de la croupe à ma rencontre pour une poignée d'herbe sèche que j'arrache au fossé, chaque fois je repense au cri profond gorgé d'humanisme que la délicieuse petite Stéphanie de Monaco ne put retenir un jour devant les caméras de TF1, alors qu'on évoquait devant elle la sanglante boucherie des corridas espagnoles : « Après tout, avait-elle dit, la voix chargée de lourds sanglots antivivisectionnistes, après tout les animaux sont des êtres humains comme les autres. » (Il me semble vous avoir déjà restitué au moins une fois, dans ces chroniques, cet inoubliable message d'amour de la princesse des mille et un projets de bétonner la Côte, mais enfin, comme disait Soubirous en remontant sur Bernadette : « Quand on tient un bon coup, y a pas, faut qu'on y retourne. »)

Toutes ces digressions bestiales me viennent à l'esprit en parcourant une dépêche de l'AFP qui met le doigt sur cet émouvant problème du formidable amour entre les bêtes et l'homme qu'on ne retrouve pas seulement entre le groupe Indochine et leur impresario.

La petite Silvia Corelli, 7 ans, vivait heureuse dans sa villa romaine, entourée de ses parents qui faisaient semblant de s'aimer, et de Bello le chien berger et Coco le perroquet. Bello et Coco, sans qu'on eût pu parler d'idylle entre eux, vivaient leur cohabitation aussi bien que n'importe quel président ou Premier ministre contraint de subir la leur, c'est-à-dire sans se mordre ni se pincer devant les photographes. Hélas, au début de ce printemps – qui fut tardif, je le souligne à l'intention des éventuels demeurés isothermiques qui ne s'en seraient pas aperçus –, le chien Bello avait accumulé un trop-plein de sève animale qui l'incita, au mépris des normes protocolaires les plus couramment admises, à sodomiser le perroquet Coco. Un violent corps à corps s'ensuivit, au cours duquel le chien Bello, frustré d'être éconduit, trancha d'un seul coup de dent la papatte à Coco.

Coco ne mourut pas, mais la petite Silvia tomba malade de chagrin de le voir clopiner lamentablement dans sa chambre en sifflotant *Le Pont de la rivière Kwaï* n'importe comment.

Avant le drame, Coco faisait un tabac chaque fois qu'il sifflait la fameuse marche du colonel Bogey. Mais curieusement, depuis qu'il était infirme, il ne parvenait plus qu'à en retrouver les six premières demi-mesures qu'il rabâchait sans fin au risque de se ramasser, de la part des voisins excédés, maints vases de Chine et maints parpaings à travers la gueule. Car sa mélopée, naguère entraînante, s'était faite un rien pénible, pour ne pas dire carrément chiante.

Heureusement, la bonne fée des petites filles à perroquet veillait sous la forme d'un vétérinaire prothésiste, le docteur Paolo Jurgensson.

« Ne pleure plus, petite Silvia, dit-il à l'enfant, je vais rendre sa joie de vivre à ton cher Coco. »

Le docteur Paolo Jurgensson est très connu à Rome pour son génie inventif. On lui doit, entre autres réfections, la rezébrure au feutre indélébile d'un marcassin grand brûlé et la fabrication d'une queue articulée en polyuréthane pour un Rantanplan handicapé caudal à la suite d'une sieste sous le rapide Paris-Rome.

N'écoutant que son courage qui ne lui disait rien et la promesse d'un chèque qui lui en disait plus, le docteur Paolo Jurgensson se mit à œuvrer d'arrache-pied, si j'ose dire, pour fabriquer une patte artificielle au cher boiteux Coco.

Lequel l'a essayée avec succès pas plus tard qu'hier. Il peut de nouveau se tenir sur son perchoir, s'accrocher au rideau et siffler son tube jusqu'au bout. Folle de joie, la petite Silvia a retrouvé sa joie de vivre et recommence à fumer ses chères Marlboro.

Si l'on devait tirer une morale de cette charmante anecdote, je dirais qu'à ma connaissance c'est la première fois qu'un Italien s'appelle Jurgensson.

Lettres ouvertes en vrac

17 juin 1986

En panne d'inspiration – je voudrais vous y voir… demandez au groupe Indochine si c'est si facile d'avoir une idée par jour –, je réponds en vrac au courrier.

« Avez-vous l'intention de faire un second one-man-show ? » me demande monsieur Jean-Pierre Moreau, de Paris XVe.

Pour des raisons de bienséance, vous comprendrez, Monsieur Moreau, que je répugne par nature à utiliser cette antenne de France-Inter à des fins d'autopromotion pour mes autres activités dont je ne cache pas qu'elles sont variées et lucratives comme en témoigne avec éloquence la luxueuse écharpe de soie que je porte à mon cou. (Ce n'est pas qu'il fasse froid, le fond de l'air est doux, mais ça énerve ceux de mes amis jaloux que la minceur de leurs revenus condamne à s'abriter les carotides dans la rayonne.)

Cependant, et quoi qu'il en coûte à ma discrétion naturelle, je vous répondrai par l'affirmative, Monsieur Jean-Pierre Moreau. Oui, j'ai l'intention de faire un second one-man-show. Au demeurant, il eût été bien hypocrite de ma part de taire plus longtemps l'imminence de ce tout petit évènement parisien dont les médias – avec l'indécente indiscrétion qui les caractérise – ne manqueront pas de se faire l'écho dans quelques semaines.

La réponse est oui, Monsieur Moreau. Mais ne me demandez pas quand. Je ne suis pas là pour faire de la pub au mois d'octobre 1986 dont je n'attends rien, sinon des vendanges réussies à Château-Figeac.

En revanche, je puis vous dire pourquoi.

Je me propose de faire un second one-man-show parce que le premier avait vachement bien marché. Certains soirs, il y avait des gens jusque... dans la salle.

Sincèrement, je dois dire que j'ai été extrêmement touché, bouleversé même, par l'accueil du public lors de mes premiers balbutiements sur scène dans ce premier one-man-show qui restera pour moi, quoi qu'il arrive, un souvenir de bonheur inégalé dans le domaine qui me tient le plus à cœur, c'est-à-dire sur le plan de la réussite commerciale.

Pour citer quelques chiffres, il faut savoir que, sur le marché encombré de l'humour, les établissements Desproges ont enregistré pour l'exercice 1985 une augmentation de bénéfices substantielle par rapport à l'exercice 1984.

Malgré la concurrence qui ne désarmait pas. Ainsi :

Les établissements Bedos, n° 1 français de l'humour, ont fait un exercice plus qu'honorable avec un bénéfice net consolidé de 25 millions de francs (dont 26 au fisc), chiffre en hausse de 17,3 % sur l'exercice 1984, cependant que le résultat d'exploitation de la Desproges' Humour (Limited, d'accord) se soldait par une augmentation de 11,4 %.

Bref, je continuerai sur cette voie qui, en me donnant l'indépendance d'action et le contact direct et viril avec un public de qualité, pourra, seule, me permettre de conserver mon honneur d'homme et mon huit-pièces à Montparnasse.

Pour en finir avec ce sujet, je précise à l'intention de tous les auditeurs sauf un, que monsieur Jean-Pierre Moreau de Paris XVe est mon attaché de presse : il faut le savoir pour bien comprendre le sens de sa question.

Pouf, pouf.

De Madame Bernadette-Henriette Lévier, de Bruxelles :

« Ma sœur a un enfant trisomique – un mongolien belge ! – qui veut renverser la monarchie pour instaurer une démocratie populaire chez nous et nationaliser les frites. Quel conseil pourriez-vous nous donner pour que nous tentions de freiner ses ardeurs, voire même nous débarrasser de lui, si vous voyez ce que je veux dire une fois. »

Tout dépend de l'âge de l'enfant, Madame. S'il a plus de 35 ans, vous aurez du mal à faire croire à un avortement. Même si ce jeune homme est flamand.

Pouf, pouf.

Monsieur Daniel Colin, de Bourges, est bien curieux :

« Qui êtes-vous vraiment, Monsieur Desproges ? Et d'abord, est-ce que c'est votre vrai nom ? Quel âge avez-vous ? Êtes-vous né à terme ? »

Je vais vous répondre franchement, Monsieur Colin, car j'aime bien jouer au jeu de la vérité mais tout seul, sans être obligé de dire bonjour et de faire des sourires à des gens qui ne sont pas de mon milieu… Je m'appelle Pierre Desproges. Pierre, c'est mon vrai nom. Desproges, c'est un nom d'emprunt. Je l'ai emprunté à mon père.

Je suis né le 9 mai 1939. Pas à terme, à Pantin, mais je l'ai pas fait exprès, j'ai horreur des banlieues populaires. Mais c'est là, à Pantin, que ma mère attendait le 148 quand elle a reçu le 149. (Je parle de l'autobus, pas de son dossard dans Paris-Strasbourg.) Elle a aussitôt ressenti les premières douleurs.

Heureusement, mon père était tailleur, mais il était là.

L'accouchement, à 3 heures du matin, a été très pénible. Pour moi : je n'aime pas sortir tout seul le soir. Mais heureusement, pendant tout le temps qu'il a duré, Papa a tenu la main de Maman. Ainsi, il a moins souffert.

Quatre mois, presque jour pour jour, après ma naissance, éclatait la Seconde Guerre mondiale.

À plusieurs reprises, j'ai déjà dû insister sur le fait

qu'il n'y avait aucune relation de cause à effet entre ces deux évènements.

La guerre et moi ne sommes pas nés de la même cause.

La guerre est née d'un caporal allemand d'origine autrichienne complètement givré, et moi d'une capote française d'origine anglaise, un peu fêlée également.

Pouf, pouf.

Pour en finir avec le courrier, je vous lirai la confession tragique d'un célèbre artiste de music-hall qui a tenu à garder l'anonymat et qui souffre d'une tare assez rare dans nos métiers :

> *Cher Pierre, vous qui êtes équilibré, aidez-moi ! Que dois-je faire ? Je ne suis pas paranoïaque, ce qui crée chez moi un sentiment de solitude dans ce milieu du spectacle où la non-paranoïa est considérée comme extrêmement vulgaire. Je n'ai même pas la consolation de jouir de cette singularité, dans la mesure où il m'arrive de penser avec terreur que ce n'est pas parce que je ne suis pas paranoïaque qu'ils ne sont pas tous après moi. Ne riez pas. Je vais très mal. C'est dur pour un non-paranoïaque de se sentir persécuté... Je fais ce métier malgré moi, j'éprouve profondément et constamment le besoin de me montrer à des gens dont je supporte d'autant moins la présence qu'ils me persécutent alors que je*

ne suis pas paranoïaque, comme je viens de vous l'expliquer, mais vous faisiez exprès de ne pas m'écouter pour me faire du mal. Au secours !

C'est l'été

19 juin 1986

L'été ? Quelle horreur !

C'est la saison des joies vulgaires et des exultations de masse.

En hiver, l'*homo sapiens* de base fonce la tête basse dans les frimas pour qu'on ne voie pas sa gueule, mais que revienne l'été, et voici qu'il relève le groin pour humer les petites brises le long des quais marins où il parade, derrière son ventre enveloppé dans d'immondes chemises haïtiennes, avec sa grosse qui se pavane à son bras en jupette rase-bonbon de style abat-jour à cellulite, et leur progéniture braillarde qui caracole autour et fait des ricochets pour stresser les mouettes et paniquer les harengs.

Même en ville, les gens commencent à se déguiser comme à la plage. Pourtant, rien n'est plus insultant à l'œil qu'un employé de banque bariolé ou qu'une sténographe facturière multiflorale. Au spectacle de ce laisser-aller luxuriant, l'homme de goût se prend à déplorer qu'on n'habille pas la France entière en gris muraille de Chine, comme au bon temps de Mao.

Plus intolérable que tout, voici que ressurgissent les T-shirts à messages personnalisés.

Personnalisés ! Ô sordide exploitation du langage des foules. Ils sont un million d'assujettis sociaux blanc navet à exhiber leur couenne dans un million de tricots de coton où l'on peut lire « Je suis un rebelle », et ils bêlent et broutent dedans, tous ensemble et tous pareils, et ils appellent ça « un message personnalisé ». Quelle dérision ! Quelle époque ! Vivement la guerre !

Jamais ces messages ne correspondent à la moindre réalité tangible. Tenez, hier après-midi, sur le parvis de Notre-Dame de Paris, je croise une grande bringue plutôt joufflue. Le genre belle des champs en plus laitière encore, avec des joues comme des fesses, un bon gros regard con de vache normande, des bras lisses et blanc yaourt et une paire de lolos à ressusciter Leprince-Ringuet.

Bref, cette conne était belle et bloubloutante comme un flanc bavarois. Par chance, elle arborait un T-shirt blanc qui annonçait en lettres feu : « Je suis à prendre. »

Qu'eussiez-vous fait à ma place ?

Je l'ai prise.

Ah mes enfants, quelle affaire ! La voici qui se débat en poussant des brames de truie des Ardennes, ce qui, généralement, est l'expression d'un très profond désarroi. La truie des Ardennes a plutôt tendance à couiner quand on lui grimpe dessus. C'est la biche lorraine qui brame sous le mâle. Ayant ouï ces cris effrayants, voici que les flics déboulent, et le curé de Notre-Dame qui veut m'excommunier, et la délégation des Enfants de Marie-couche-toi-toute-seule qui veut me finir à coups d'ombrelles bénites, quelle affaire !

Il y a plus sot encore que le T-shirt à message. Il y a le T-shirt publicitaire. On peut dire sans aucune exagération misanthropique que l'existence et le succès – à l'échelle mondiale – du T-shirt à message publicitaire constituent la preuve formelle de l'incommensurable étendue de la bêtise humaine.

Quand j'étais enfant, je me rappelle qu'il déambulait dans les rues des villes des hommes-sandwichs. C'étaient des messieurs qui promenaient sur leur dos de grands panneaux fixés par des bretelles comme des sacs de campeur vantant les mérites d'une marque de bas, de liqueur ou de cigarettes. Bien évidemment, ces gens-là étaient payés pour faire ce qu'on appelait encore de la réclame et qui n'était déjà que de la vulgaire publicité.

Aujourd'hui, les marchands de soupe doivent se pisser dessus de rire : voici venu le temps béni pour eux des hommes-sandwichs qui paient pour faire de la pub. Car enfin, vous avez beau tourner le problème dans n'importe quel sens, il est de fait qu'un connard qui donne de l'argent à un commerçant en échange d'une chemise exaltant les qualités d'un quelconque produit de consommation, se trouve exactement dans la position grotesque et ahurissante d'un ouvrier qui paierait son patron pour avoir le droit de travailler à l'usine.

Je dis ça parce que je suis en colère.

En réalité, je déteste l'été. Tous les ans, c'est la même chose. Dès les premiers vrais beaux jours, quand la nature est en fête et les oiseaux fous de joie, je regarde le ciel bleu par-dessus les grands marronniers de mon jardin, et je me dis : « Ah, ça y est, quelle horreur : dans six mois, c'est l'hiver ! »

La Marseillaise

27 juin 1986

J'ai honte.

Je ne réponds pratiquement jamais au volumineux courrier que suscitent ces chroniques. Pourtant, je pourrais profiter des rares loisirs que me laissent mes diverses occupations actuelles pour remercier M. Le Goff, de Bagneux, M. Antzack, de Saint-Denis, Mme Desportes, de Paris, M. Rivet, d'Angers, M. Chazelas, de Joué-lès-Tours. Mais je ne le fais pas. Je ne sais pas pourquoi. Je préfère aller jouer au golf ou mettre du vin en bouteilles, et utiliser les timbres que m'envoient ces braves gens pour répondre à Mme Letersier, de Caen, M. Cohen, de Tulle, ou M. Lefèvre, de Valence. Lesquels m'adressent des lettres d'injures, mais sans joindre de timbre pour la réponse.

Hier, par exemple, je me suis servi du timbre de M. Barnu, de Lyon, qui s'extasiait (assez servilement) sur ma générosité de cœur, pour répondre

« toi-même » à M. Jean-Yves Lara, de Nantes, qui m'avait traité de « fumier ». Il y a des invectives qu'on ne saurait laisser glisser.

Cela dit, quand j'entrevois la possibilité de greffer mon imagination vacillante sur une bonne idée d'un auditeur, j'aurais, convenez-en, tort de me gêner.

Tenez, voici ce que j'ai reçu de M. Portal, de Vannes :

> *Cher Chroniqueur de l'Amour Exceptionnel,*
>
> *Nous sommes un groupe d'amis, adhérents de l'AERE (Association pour l'éveil à la responsabilité à l'école) qui regroupe 250 personnes en France (parents + enseignants).*
>
> *Pour jouer, et parce que nous aimons notre pays, nous proposons de nouvelles paroles pour* La Marseillaise.
>
> *Car si l'air est pur, il est indigne que les soldats y mugissent.*
>
> *Nous venons d'adresser à René Monory et à Jean-Pierre Chevènement (dans un but de cohabitation décente) les paroles qui suivent.*
>
> *S'ils veulent, s'ils peuvent, si ça vaut le coup, ils savent.*
>
> *Allons enfants de la patrie,*
> *Le jour de gloire est arrivé.*
> *Liberté, liberté chérie,*
> *Ton soleil enfin s'est levé* (bis)
> *Entendez-vous dans les campagnes*
> *Retentir ces joyeux éclats*

Ce sont les ris et les vivats
De nos fils et de nos compagnes.

(Refrain)

Au travail, citoyens,
Traçons notre sillon,
Courage, allons, qu'un air plus pur
Emplisse nos poumons.

« Vous admirerez l'économie générale du texte et pardonnerez peut-être l'écologie facile et le sexisme latent », conclut M. Portal.

Démilitariser les hymnes nationaux, ça c'est une bonne idée. Il est tout de même inouï de constater que dans tous les pays du monde où ce sont les civils qui font le pain, les maisons, les outils et les chansons, les fêtes nationales et leurs hymnes glorieux sont, au mieux, des apologies de l'engeance kaki parasitaire ou, au pire, des appels hurleurs au meurtre guerrier. À l'instar de M. Portal, et si les ministères concernés m'avaient fait l'honneur de solliciter mon avis quant aux paroles de *La Marseillaise*, j'eusse depuis longtemps déploré que les soldats y mugissassent et préconisé vivement que les objecteurs y roucoulassent, que les bergères y fredonnassent et que les troubadours s'y complussent.

Et puis, d'abord, pourquoi un seul hymne pour tout le monde ? Pourquoi pas une *Marseillaise* à la carte pour chaque corps de métier ? Pour chaque minorité ? Pour chaque Français, nom de Dieu !

Pourquoi moi, par exemple, qui suis obsédé gérontophile à tendance maniaco-hygiénique, n'aurais-je pas MON hymne national que je chanterais debout à tous les coups, si j'ose dire ?

J'ai déjà un projet de paroles. Vous voulez que je vous la chante, oui ? Bon.

Allons au fond de la gât' rie,
Le jour de foire est arrivé.
Entre nous faut que j'tire mamie,
Y a mon dard tremblant qu' est levé,
Y a mon dard tremblant qu' est levé.
M' fous pas des coups dans les baballes,
J'suis gercé, faut rester sous l' drap.
L' hygiène, c' est jusque dans nos bras
Pour dégorger nos vits à la campagne.

Oh, ça, mais c' est très bien,
Faut r' mettre l' oisillon.
Lâche-mon, lâche-mon
Cal' çon guimp' pure
J' approch' de ton sillon.

Quant à ces féroces soldats, je l'dis, c'est pas pour cafter, mais ça m'étonnerait qu'y reviennent.

Table

DU MÊME AUTEUR

Manuel de savoir-vivre
à l'usage des rustres et des malpolis
Seuil, 1981
et « Points » n° P401

Vivons heureux en attendant la mort
Seuil, 1983, 1991, 1994
et « Points » n° P384

Dictionnaire superflu
à l'usage de l'élite et des bien nantis
Seuil, 1985
et « Points » n° P403

Des femmes qui tombent
roman
Seuil, 1985
et « Points » n° P479

Chroniques de la haine ordinaire
Seuil, 1987, 1991
et « Points » n° P375

Textes de scène
Seuil, 1988
et « Points » n° P433

L'Almanach
Rivages, 1988

Fonds de tiroir
Seuil, 1990

Les étrangers sont nuls
Seuil, 1992
et « Points » n° P487

La Minute nécessaire de monsieur Cyclopède
Seuil, 1995
et « Points » n° P348

Les Bons Conseils du professeur Corbiniou
Seuil/Nemo, 1997

La seule certitude que j'ai, c'est d'être dans le doute
Seuil, 1998
et « Points » n° P884

Le Petit Reporter
Seuil, 1999
et « Points » n° P836

Audiovisuel

Pierre Desproges portrait
Canal + Vidéo, cassette vidéo, 1991

Les Réquisitoires
du tribunal des flagrants délires
Tôt ou tard, CD, 6 volumes, 2001

Chroniques de la haine ordinaire
Tôt ou tard, CD, 4 volumes, 2001

Pierre Desproges « en scène » au théâtre Fontaine
Tôt ou tard, CD, 2001

Pierre Desproges « en scène » au théâtre Grévin
Tôt ou tard, CD, 2001

Pierre Desproges « abrégé »
Tôt ou tard, 3 CD, 2001

Pierre Desproges – coffret
Les Réquisitoires du tribunal des flagrants délires
Chroniques de la haine ordinaire
Pierre Desproges « en scène » au théâtre Fontaine
Pierre Desproges « en scène » au théâtre Grévin
Tôt ou tard, 12 CD, 2001

Pierre Desproges « en images »
L'indispensable encyclopédie de Monsieur Cyclopède
Desproges est vivant (portrait codicillaire) –
Intégrale de l'entretien
avec Y. Riou et Ph. Pouchain :
La seule certitude que j'ai c'est d'être dans le doute…
Les spectacles : Théâtre Fontaine 1984 /
Théâtre Grévin 1986
Les Grandes Obsessions desprogiennes
Tôt ou tard, 4 DVD, 2002

COMPOSITION : PAO EDITIONS DU SEUIL

GROUPE CPI

Achevé d'imprimer en mars 2007
par **BUSSIÈRE**
à Saint-Amand-Montrond (Cher)
N° d'édition : 92678. - N° d'impression : 70328.
Dépôt légal : avril 2007.
Imprimé en France

Collection Points

DERNIERS TITRES PARUS

P1400. La Mort de Carlos Gardel, *António Lobo Antunes*
P1401. La Meilleure Façon de grandir, *Meir Shalev*
P1402. Les Plus Beaux Contes zen, *Henri Brunel*
P1403. Le Sang du monde, *Catherine Clément*
P1404. Poétique de l'égorgeur, *Philippe Ségur*
P1405 La Proie des âmes, *Matt Ruff*
P1406. La Vie invisible, *Juan Manuel de Prada*
P1407. Qu'elle repose en paix, *Jonathan Kellerman*
P1408. Le Croque-mort à tombeau ouvert, *Tim Cockey*
P1409. La Ferme des corps, *Bill Bass*
P1410. Le Passeport, *Azouz Begag*
P1411. La station Saint-Martin est fermée au public *Joseph Bialot*
P1412. L'Intégration, *Azouz Begag*
P1413. La Géométrie des sentiments, *Patrick Roegiers*
P1414. L'Âme du chasseur, *Deon Meyer*
P1415. La Promenade des délices, *Mercedes Deambrosis*
P1416. Un après-midi avec Rock Hudson *Mercedes Deambrosis*
P1417. Ne gênez pas le bourreau, *Alexandra Marinina*
P1418. Verre cassé, *Alain Mabanckou*
P1419. African Psycho, *Alain Mabanckou*
P1420. Le Nez sur la vitre, *Abdelkader Djemaï*
P1421. Gare du Nord, *Abdelkader Djemaï*
P1422. Le Chercheur d'Afriques, *Henri Lopes*
P1423. La Rumeur d'Aquitaine, *Jean Lacouture*
P1424. Une soirée, *Anny Duperey*
P1425. Un saut dans le vide, *Ed Dee*
P1426. En l'absence de Blanca, *Antonio Muñoz Molina*
P1427. La Plus Belle Histoire du bonheur, *collectif*
P1429. Comment c'était. Souvenirs sur Samuel Beckett *Anne Atik*
P1430. Suite à l'hôtel Crystal, *Olivier Rolin*
P1431. Le Bon Serviteur, *Carmen Posadas*
P1432. Traité de savoir-vivre à l'usage des jeunes Russes *Gary Shteyngart*
P1433. C'est égal, *Agota Kristof*
P1434. Le Nombril des femmes, *Dominique Quessada*
P1435. L'Enfant à la luge, *Chris Mooney*
P1436. Encres de Chine, *Qiu Xiaolong*
P1437. Enquête de mor(t)alité, *Gene Riehl*

P1438. Le Château du Roi Dragon. La Saga du Roi Dragon I
Stephen Lawhead
P1439. Les Armes des Garamont. La Malerune I
Pierre Grimbert
P1440. Le Prince déchu. Les Enfants de l'Atlantide I
Bernard Simonay
P1441. Le Voyage d'Hawkwood. Les Monarchies divines I
Paul Kearney
P1442. Un trône pour Hadon. Le Cycle d'Opar I
Philip-José Farmer
P1443. Fendragon, *Barbara Hambly*
P1444. Les Brigands de la forêt de Skule, *Kerstin Ekman*
P1445. L'Abîme, *John Crowley*
P1446. Œuvre poétique, *Léopold Sédar Senghor*
P1447. Cadastre, *suivi de* Moi, laminaire…, *Aimé Césaire*
P1448. La Terre vaine et autres poèmes, *Thomas Stearns Eliot*
P1449. Le Reste du voyage et autres poèmes, *Bernard Noël*
P1450. Haïkus, *anthologie*
P1451. L'Homme qui souriait, *Henning Mankell*
P1452. Une question d'honneur, *Donna Leon*
P1453. Little Scarlet, *Walter Mosley*
P1454. Elizabeth Costello, *J.M. Coetzee*
P1455. Le maître a de plus en plus d'humour, *Mo Yan*
P1456. La Femme sur la plage avec un chien, *William Boyd*
P1457. Accusé Chirac, levez-vous !, *Denis Jeambar*
P1458. Sisyphe, roi de Corinthe. Le Châtiment des Dieux I
François Rachline
P1459. Le Voyage d'Anna, *Henri Gougaud*
P1460. Le Hussard, *Arturo Pérez-Reverte*
P1461. Les Amants de pierre, *Jane Urquhart*
P1462. Corcovado, *Jean-Paul Delfino*
P1463. Hadon, le guerrier. Le Cycle d'Opar II
Philip José Farmer
P1464. Maîtresse du Chaos. La Saga de Raven I
Robert Holdstock et Angus Wells
P1465. La Sève et le Givre, *Léa Silhol*
P1466. Élégies de Duino *suivi de* Sonnets à Orphée
Rainer Maria Rilke
P1467. Rilke, *Philippe Jaccottet*
P1468. C'était mieux avant, *Howard Buten*
P1469. Portrait du Gulf Stream, *Érik Orsenna*
P1470. La Vie sauve, *Lydie Violet et Marie Desplechin*
P1471. Chicken Street, *Amanda Sthers*
P1472. Polococktail Party, *Dorota Maslowska*
P1473. Football factory, *John King*

P1474. Une petite ville en Allemagne, *John le Carré*
P1475. Le Miroir aux espions, *John le Carré*
P1476. Deuil interdit, *Michael Connelly*
P1477. Le Dernier Testament, *Philip Le Roy*
P1478. Justice imminente, *Jilliane Hoffman*
P1479. Ce cher Dexter, *Jeff Lindsay*
P1480. Le Corps noir, *Dominique Manotti*
P1481. Improbable, *Adam Fawer*
P1482. Les Rois hérétiques. Les Monarchies divines II
Paul Kearney
P1483. L'Archipel du soleil. Les Enfants de l'Atlantide II
Bernard Simonay
P1484. Code Da Vinci : l'enquête
Marie-France Etchegoin et Frédéric Lenoir
P1485. L. A. confidentiel : les secrets de Lance Armstrong
Pierre Ballester et David Walsh
P1486. Maria est morte, *Jean-Paul Dubois*
P1487. Vous aurez de mes nouvelles, *Jean-Paul Dubois*
P1488. Un pas de plus, *Marie Desplechin*
P1489. D'excellente famille, *Laurence Deflassieux*
P1490. Une femme normale, *Émilie Frèche*
P1491. La Dernière Nuit, *Marie-Ange Guillaume*
P1492. Le Sommeil des poissons, *Véronique Ovaldé*
P1493. La Dernière Note, *Jonathan Kellerman*
P1494. La Cité des Jarres, *Arnaldur Indridason*
P1495. Électre à La Havane, *Leonardo Padura*
P1496. Le croque-mort est bon vivant, *Tim Cockey*
P1497. Le Cambrioleur en maraude, *Lawrence Block*
P1498. L'Araignée d'émeraude. La Saga de Raven II
Robert Holdstock et Angus Wells
P1499. Faucon de mai, *Gillian Bradshaw*
P1500. La Tante marquise, *Simonetta Agnello Hornby*
P1501. Anita, *Alicia Dujovne Ortiz*
P1502. Mexico City Blues, *Jack Kerouac*
P1503. Poésie verticale, *Roberto Juarroz*
P1506. Histoire de Rofo, clown, *Howard Buten*
P1507. Manuel à l'usage des enfants qui ont des parents difficiles
Jeanne Van den Brouk
P1508. La Jeune Fille au balcon, *Leïla Sebbar*
P1509. Zenzela, *Azouz Begag*
P1510. La Rébellion, *Joseph Roth*
P1511. Falaises, *Olivier Adam*
P1512. Webcam, *Adrien Goetz*
P1513. La Méthode Mila, *Lydie Salvayre*
P1514. Blonde abrasive, *Christophe Paviot*

P1515. Les Petits-Fils nègres de Vercingétorix
Alain Mabanckou
P1516. 107 ans, *Diastème*
P1517. La Vie magnétique, *Jean-Hubert Gailliot*
P1518. Solos d'amour, *John Updike*
P1519. Les Chutes, *Joyce Carol Oates*
P1520. Well, *Matthieu McIntosh*
P1521. À la recherche du voile noir, *Rick Moody*
P1522. Train, *Pete Dexter*
P1523. Avidité, *Elfriede Jelinek*
P1524. Retour dans la neige, *Robert Walser*
P1525. La Faim de Hoffman, *Leon De Winter*
P1526. Marie-Antoinette, la naissance d'une reine.
Lettres choisies, *Évelyne Lever*
P1527. Les Petits Verlaine *suivi de* Samedi, dimanche et fêtes
Jean-Marc Roberts
P1528. Les Seigneurs de guerre de Nin. La Saga du Roi Dragon II
Stephen Lawhead
P1529. Le Dire des Sylfes. La Malerune II
Michel Robert et Pierre Grimbert
P1530. Le Dieu de glace. La Saga de Raven III
Robert Holdstock et Angus Wells
P1531. Un bon cru, *Peter Mayle*
P1532. Confessions d'un boulanger, *Peter Mayle et Gérard Auzet*
P1533. Un poisson hors de l'eau, *Bernard Comment*
P1534. Histoire de la Grande Maison, *Charif Majdalani*
P1535. La Partie belle *suivi de* La Comédie légère
Jean-Marc Roberts
P1536. Le Bonheur obligatoire, *Norman Manea*
P1537. Les Larmes de ma mère, *Michel Layaz*
P1538. Tant qu'il y aura des élèves, *Hervé Hamon*
P1539. Avant le gel, *Henning Mankell*
P1540. Code 10, *Donald Harstad*
P1541. Les Nouvelles Enquêtes du juge Ti, vol. 1
Le Château du lac Tchou-An, *Frédéric Lenormand*
P1542. Les Nouvelles Enquêtes du juge Ti, vol. 2
La Nuit des juges, *Frédéric Lenormand*
P1543. Que faire des crétins ? Les perles du Grand Larousse
Pierre Enckell et Pierre Larousse
P1544. Motamorphoses. À chaque mot son histoire
Daniel Brandy
P1545. L'habit ne fait pas le moine. Petite histoire des expressions
Gilles Henry
P1546. Petit fictionnaire illustré. Les mots qui manquent au dico
Alain Finkielkraut

P1547. Le Pluriel de bric-à-brac et autres difficultés de la langue française, *Irène Nouailhac*
P1548. Un bouquin n'est pas un livre. Les nuances des synonymes *Rémi Bertrand*
P1549. Sans nouvelles de Gurb, *Eduardo Mendoza*
P1550. Le Dernier Amour du président, *Andreï Kourkov*
P1551. L'Amour, soudain, *Aharon Appelfeld*
P1552. Nos plus beaux souvenirs, *Stewart O'Nan*
P1553. Saint-Sépulcre !, *Patrick Besson*
P1554. L'Autre comme moi, *José Saramago*
P1555. Pourquoi Mitterrand ?, *Pierre Joxe*
P1556. Pas si fous ces Français ! *Jean-Benoît Nadeau et Julie Barlow*
P1557. La Colline des Anges *Jean-Claude Guillebaud et Raymond Depardon*
P1558. La Solitude heureuse du voyageur *précédé de* Notes, *Raymond Depardon*
P1559. Hard Revolution, *George P. Pelecanos*
P1560. La Morsure du lézard, *Kirk Mitchell*
P1561. Winterkill, *C.J. Box*
P1562. La Morsure du dragon, *Jean-François Susbielle*
P1563. Rituels sanglants, *Craig Russell*
P1564. Les Écorchés, *Peter Moore Smith*
P1565. Le Crépuscule des géants. Les Enfants de l'Atlantide III *Bernard Simonay*
P1566. Aara. Aradia I, *Tanith Lee*
P1567. Les Guerres de fer. Les Monarchies divines III *Paul Kearney*
P1568. La Rose pourpre et le Lys, tome 1, *Michel Faber*
P1569. La Rose pourpre et le Lys, tome 2, *Michel Faber*
P1570. Sarnia, *G.B. Edwards*
P1571. Saint-Cyr/La Maison d'Esther, *Yves Dangerfield*
P1572. Renverse du souffle, *Paul Celan*
P1573. Pour un tombeau d'Anatole, *Stéphane Mallarmé*
P1574. 95 poèmes, *E.E. Cummings*
P1575. Le Dico des mots croisés. 8000 définitions pour devenir imbattable, *Michel Laclos*
P1576. Les deux font la paire. Les couples célèbres dans la langue française *Patrice Louis*
P1577. C'est la cata. Petit manuel du français maltraité *Pierre Bénard*
P1578. L'Avortement, *Richard Brautigan*
P1579. Les Braban, *Patrick Besson*
P1580. Le Sac à main, *Marie Desplechin*

P1581. Nouvelles du monde entier, *Vincent Ravalec*
P1582. Le Sens de l'arnaque, *James Swain*
P1583. L'Automne à Cuba, *Leonardo Padura*
P1584. Le Glaive et la Flamme. La Saga du Roi Dragon III
Stephen Lawhead
P1585. La Belle Arcane. La Malerune III
Michel Robert et Pierre Grimbert
P1586. Femme en costume de bataille, *Antonio Benitez-Rojo*
P1587. Le Cavalier de l'Olympe. Le Châtiment des Dieux II
François Rachline
P1588. Le Pas de l'ourse, *Douglas Glover*
P1589. Lignes de fond, *Neil Jordan*
P1590. Monsieur Butterfly, *Howard Buten*
P1591. Parfois je ris tout seul, *Jean-Paul Dubois*
P1592. Sang impur, *Hugo Hamilton*
P1593. Le Musée de la sirène, *Cypora Petitjean-Cerf*
P1594. Histoire de la gauche caviar, *Laurent Joffrin*
P1595. Les Enfants de chœur (Little Children), *Tom Perrotta*
P1596. Les Femmes politiques, *Laure Adler*
P1597. La Preuve par le sang, *Jonathan Kellerman*
P1598. La Femme en vert, *Arnaldur Indridason*
P1599. Le Che s'est suicidé, *Petros Markaris*
P1600. Les Nouvelles Enquêtes du juge Ti, vol. 3
Le Palais des courtisanes, *Frédéric Lenormand*
P1601. Trahie, *Karin Alvtegen*
P1602. Les Requins de Trieste, *Veit Heinichen*
P1603. Pour adultes seulement, *Philip Le Roy*
P1604. Offre publique d'assassinat, *Stephen W. Frey*
P1605. L'Heure du châtiment, *Eileen Dreyer*
P1606. Aden, *Anne-Marie Garat*
P1607. Histoire secrète du Mossad, *Gordon Thomas*
P1608. La Guerre du paradis. Le Chant d'Albion I
Stephen Lawhead
P1609. La Terre des Morts. Les Enfants de l'Atlantide IV
Bernard Simonay
P1610. Thenser. Aradia II, *Tanith Lee*
P1611. Le Petit Livre des gros câlins, *Kathleen Keating*
P1612. Un soir de décembre, *Delphine de Vigan*
P1613. L'Amour foudre, *Henri Gougaud*
P1614. Chaque jour est un adieu *suivi de* Un jeune homme est passé
Alain Rémond
P1615. Clair-obscur, *Jean Cocteau*
P1616. Chihuahua, zébu et Cie.
L'étonnante histoire des noms d'animaux
Henriette Walter et Pierre Avenas

P1617. Les Chaussettes de l'archiduchesse et autres défis de la prononciation
Julos Beaucarne et Pierre Jaskarzec
P1618. My rendez-vous with a femme fatale.
Les mots français dans les langues étrangères
Franck Resplandy
P1619. Seulement l'amour, *Philippe Ségur*
P1620. La Jeune Fille et la Mère, *Leïla Marouane*
P1621. L'Increvable Monsieur Schneck
Colombe Schneck
P1622. Les Douze Abbés de Challant, *Laura Mancinelli*
P1623. Un monde vacillant, *Cynthia Ozick*
P1624. Les Jouets vivants, *Jean-Yves Cendrey*
P1625. Le Livre noir de la condition des femmes
Christine Ockrent (dir.)
P1626. Comme deux frères, *Jean-François Kahn et Axel Kahn*
P1627. Equador, *Miguel Sousa Tavares*
P1628. Du côté où se lève le soleil, *Anne-Sophie Jacouty*
P1629. L'Affaire Hamilton, *Michelle De Kretser*
P1630. Une passion indienne, *Javier Moro*
P1631. La Cité des amants perdus, *Nadeem Aslam*
P1632. Rumeurs de haine, *Taslima Nasreen*
P1633. Le Chromosome de Calcutta, *Amitav Ghosh*
P1634. Show business, *Shashi Tharoor*
P1635. La Fille de l'arnaqueur, *Ed Dee*
P1636. En plein vol, *Jan Burke*
P1637. Retour à la Grande Ombre, *Hakan Nesser*
P1638. Wren. Les Descendants de Merlin I, *Irene Radford*
P1639. Petit manuel de savoir-vivre à l'usage des enseignants
Boris Seguin, Frédéric Teillard
P1640. Les Voleurs d'écritures *suivi de* Les Tireurs d'étoiles
Azouz Begag
P1641. L'Empreinte des dieux. Le Cycle de Mithra I
Rachel Tanner
P1642. Enchantement, *Orson Scott Card*
P1643. Les Fantômes d'Ombria, *Patricia A. McKillip*
P1644. La Main d'argent. Le Chant d'Albion II
Stephen Lawhead
P1645. La Quête de Nifft-le-mince, *Michael Shea*
P1646. La Forêt d'Iscambe, *Christian Charrière*
P1647. La Mort du Nécromant, *Martha Wells*
P1648. Si la gauche savait, *Michel Rocard*
P1649. Misère de la Ve République, *Bastien François*
P1650. Photographies de personnalités politiques
Raymond Depardon

P1651. Poèmes païens de Alberto Caeiro et Ricardo Reis
Fernando Pessoa
P1652. La Rose de personne, *Paul Celan*
P1653. Caisse claire, poèmes 1990-1997, *Antoine Emaz*
P1654. La Bibliothèque du géographe, *Jon Fasman*
P1655. Parloir, *Christian Giudicelli*
P1656. Poils de Cairote, *Paul Fournel*
P1657. Palimpseste, *Gore Vidal*
P1658. L'Épouse hollandaise, *Eric McCormack*
P1659. Ménage à quatre, *Manuel Vázquez Montalbán*
P1660. Milenio, *Manuel Vázquez Montalbán*
P1661. Le Meilleur de nos fils, *Donna Leon*
P1662. Adios Hemingway, *Leonardo Padura*
P1663. L'avenir c'est du passé, *Lucas Fournier*
P1664. Le Dehors et le dedans, *Nicolas Bouvier*
P1665. Partition rouge
poèmes et chants des indiens d'Amérique du Nord
Jacques Roubaud, Florence Delay
P1666. Un désir fou de danser, *Elie Wiesel*
P1667. Lenz, *Georg Büchner*
P1668. Resmiranda. Les Descendants de Merlin II, *Irene Radford*
P1669. Le Glaive de Mithra. Le Cycle de Mithra II, *Rachel Tanner*
P1670. Phénix vert. Trilogie du Latium I, *Thomas B. Swann*
P1671. Essences et parfums, *Anny Duperey*
P1672. Naissances, *Collectif*
P1673. L'Évangile une parole invincible, *Guy Gilbert*
P1674. L'époux divin, *Fransisco Goldman*
P1675. Petit dictionnaire des étymologies curieuses
Pierre Larousse
P1676. Facéties et Cocasseries du français, *Jean-Loup Chiflet*
P1677. Ça coule sous le sens, expression mêlées, *Olivier Marchon*
P1678. Le Retour du professeur de danse, *Henning Mankell*
P1679. Romanzo Criminale, *Giancarlo de Cataldo*
P1680. Ciel de sang, *Steve Hamilton*
P1681. Ultime Témoin, *Jilliane Hoffman*
P1682. Los Angeles, *Peter Moore Smith*
P1683. Encore une journée pourrie
ou 365 bonnes raisons de rester couché, *Pierre Enckell*
P1684. Chroniques de la haine ordinaire 2, *Pierre Desproges*
P1685. Desproges, portrait, *Marie-Ange Guillaume*
P1686. Les Amuse-Bush, *Collectif*
P1687. Mon valet et moi, *Hervé Guibert*
P1688. T'es pas mort !, *Antonio Skármeta*
P1689. En la forêt de Longue Attente.
Le roman de Charles d'Orléans, *Hella S. Haasse*